ALICE AU PAYS DE L'OSEILLE

VERS UN
MONDE NOUVEAU

ECRIT ET ILLUSTRE PAR
BERNARD BENSON

ALBIN MICHEL.

CALLIGRAPHIE PAR
GABRIELLE LAWRENCE

© Éditions Albin Michel, S.A., 1989
22, rue Huyghens, 75014 PARIS

Tous droits réservés. La loi du 11 mars 1957 interdit les copies ou reproductions destinées à une utilisation collective. Toute représentation ou reproduction intégrale ou partielle faite par quelque procédé que ce soit — photographie, photocopie, microfilm, bande magnétique, disque ou autre — sans le consentement de l'auteur et de l'éditeur, est illicite et constitue une contrefaçon sanctionnée par les Articles 425 et suivants du Code pénal.

Cet ouvrage a été imprimé en octobre 1989
sur les presses de Ouest-Impressions Oberthur à Rennes

Numéro d'édition : 10808
Dépôt légal : novembre 1989

ISBN 2-226-03830-2

TABLE DES MATIÈRES

	PAGE
CHAPITRE 1. QU'EST-CE-QUI FAIT DÉRAILLER LE MONDE ?	9
CHAPITRE 2. D'OÙ VIENNENT LES DIRIGEANTS ?	45
CHAPITRE 3. QU'EST-CE QUI SE CACHE DERRIÈRE LA GAUCHE ET LA DROITE ?	65
CHAPITRE 4. QU'EST-CE QUE LE CHÔMAGE ?	91
CHAPITRE 5. QU'EST-CE QUE L'ARGENT ?	121
CHAPITRE 6. LES IMPÔTS, C'EST QUOI ?	157
CHAPITRE 7. QUE FAIRE ?	203

INTRODUCTION

Poussé par sa nature ou par son ambition, l'homme a parfois su réaliser de grands et nobles projets, mais l'histoire montre qu'il fut, le plus souvent, prisonnier de son désir de puissance et de richesse. A cela s'ajoutent aujourd'hui deux nouveaux éléments, pour le bien comme pour le mal.

Grâce à la technologie, nous avons acquis la maîtrise de l'énergie physique. La technologie nous a aussi offert la possibilité de nous libérer de l'esclavage des travaux les plus pénibles, dans les mines et dans les usines.

Les hommes, les objets et l'information peuvent aujourd'hui circuler n'importe où, souvent à la vitesse de la lumière, et la distance entre les peuples, autrefois si grande, est désormais abolie.

Grâce à la très grande puissance des ordinateurs modernes qui peuvent rechercher des quantités illimitées de données, ceux qui reçoivent le pouvoir ou s'en emparent peuvent désormais s'infiltrer dans la vie des individus et en contrôler jusqu'au moindre détail. Ils ont à leur disposition un pouvoir absolu.

Cependant, l'homme n'a pas su saisir le bien et laisser de côté le mal. Il ne contrôle toujours pas mieux son ambition, il n'a ni la sagesse ni le coeur de maîtriser ces forces gigantesques, et la société est devenue si fragile que sa destruction paraît à portée de main et sa survie menacée par les guerres comme par la destruction de notre environnement.

Pour la première fois dans l'histoire de l'humanité, le besoin se fait sentir de modifier la nature fondamentale de l'homme. Créer un système de plus ne saurait suffire. C'est l'homme lui-même qui doit changer. Et ce n'est pas une mince affaire.

Le passage d'une société basée sur le matérialisme à une société basée sur la philosophie a commencé en Occident où la recherche d'une approche éclairée remplace la passion séculaire de l'accumulation des biens matériels.

Cette "ère nouvelle" reste à préciser, même si l'humanité a retrouvé le chemin ouvert il y a deux ou trois mille ans par les grands maîtres spirituels. L'ambition de ses guides successifs l'en avait écartée. Elle s'est définitivement égarée lorsque la technologie transforma les hommes en une meute avide et le matérialisme en religion.

Cette réflexion nouvelle résulte d'une nécessité urgente de changement. Une révolution éclairée pourra-t-elle se développer dans le monde suffisamment vite et en profondeur ? Il faudrait pour cela un miracle ... Mais c'est encore possible ... si l'homme accepte de regarder en face la réalité du monde qu'il a créé et de comprendre qu'en cas d'échec, la partie sera bel et bien terminée !

<u>Alice au Pays de l'Oseille</u> est écrit dans l'espoir d'apporter un peu de lumière là où, pour l'instant, règne surtout la confusion.

Bernard Benson

CHAPITRE I.

QU'EST-CE QUI FAIT DÉRAILLER LE MONDE

DEUX PETITS ENFANTS SE PROMENAIENT MAIN DANS LA MAIN DANS LA FORÊT.

MAIS ILS AVAIENT L'AIR TRÈS INQUIET.

"NOUS DEVONS TROUVER LE CONTEUR. JE SAIS QU'IL POURRA NOUS EXPLIQUER..." DIT LE PLUS GRAND.

ILS LE TROUVÈRENT TRANQUILLEMENT ASSIS SOUS UN ARBRE.

"NOUS NE COMPRENONS PAS DU TOUT LE MONDE,"
LUI DIRENT-ILS.

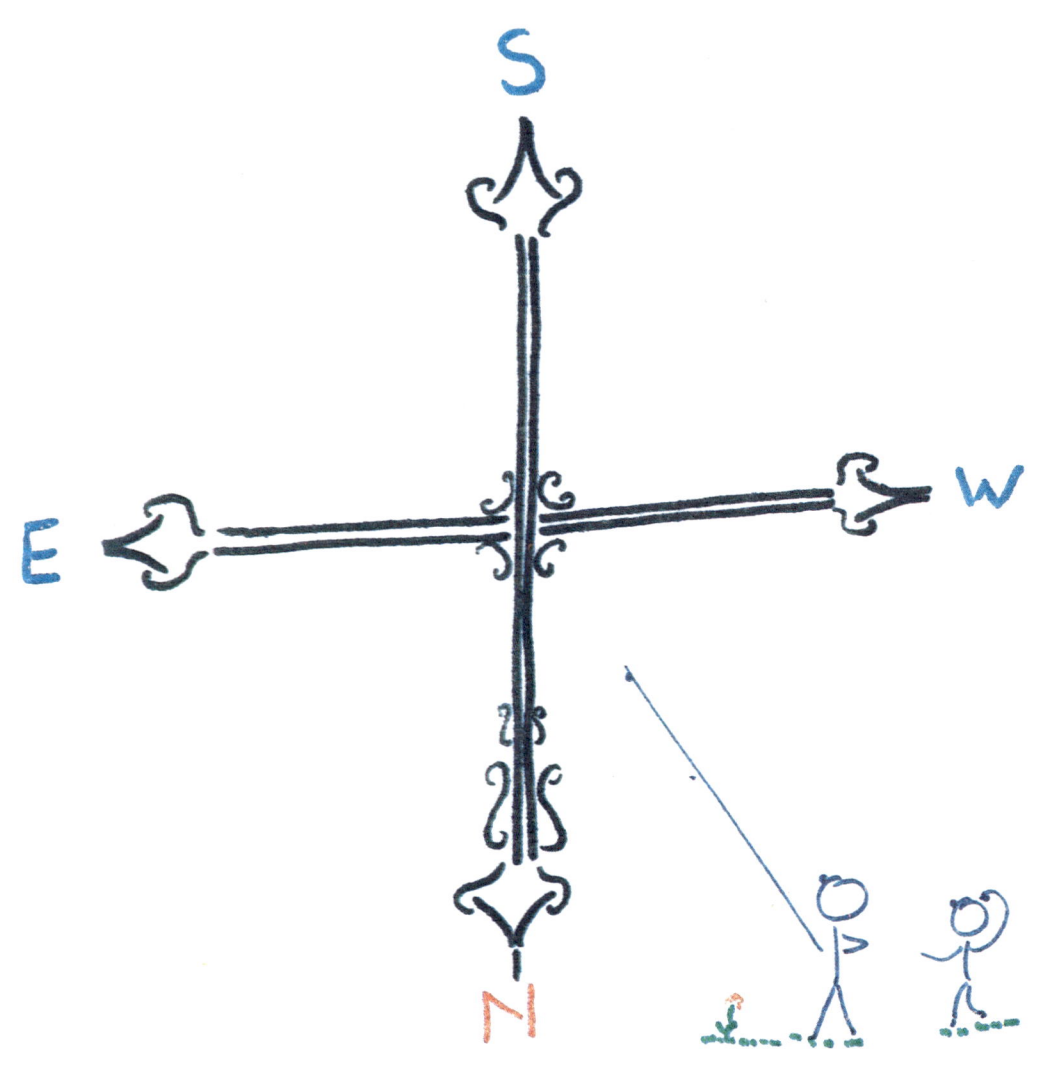

"IL SEMBLE COMPLÈTEMENT À L'ENVERS!"

"EN QUOI CELA EST-IL NOUVEAU?"

DEMANDA LE CONTEUR.

"NOUS AVONS LU ALICE AU PAYS DES MERVEILLES !

MAIS LE MONDE SEMBLE BIEN PLUS FOU ENCORE.

LES GRANDES PERSONNES NE SEMBLENT PAS DISTINGUER L'ENDROIT DE L'ENVERS !

EN PLUS, NOUS NE CESSONS D'ENTENDRE LES GRANDES PERSONNES DIRE : NOUS ALLONS SÛREMENT ÊTRE ENGLOUTIS PAR UNE CHOSE APPELÉE

LE CHAOS ECONOMIQUE !

QU'EST-CE QUE C'EST QUE ÇA ?" DEMANDA LE PLUS PETIT.

"S'IL VOUS PLAÎT, MONSIEUR LE CONTEUR, RACONTEZ-NOUS LE MONDE.

PARCE QUE NOUS Y GRANDISSONS, ET NOUS DEVONS SAVOIR..."

"ASSEYEZ-VOUS TRANQUILLEMENT, JE VAIS VOUS EXPLIQUER. ENSUITE VOUS SEREZ PEUT-ÊTRE CAPABLES DE DIRE AUX GRANDES PERSONNES OÙ NOUS EN SOMMES EXACTEMENT..."

"MAIS ÉCOUTERONT-ELLES?"
DEMANDÈRENT LES ENFANTS.

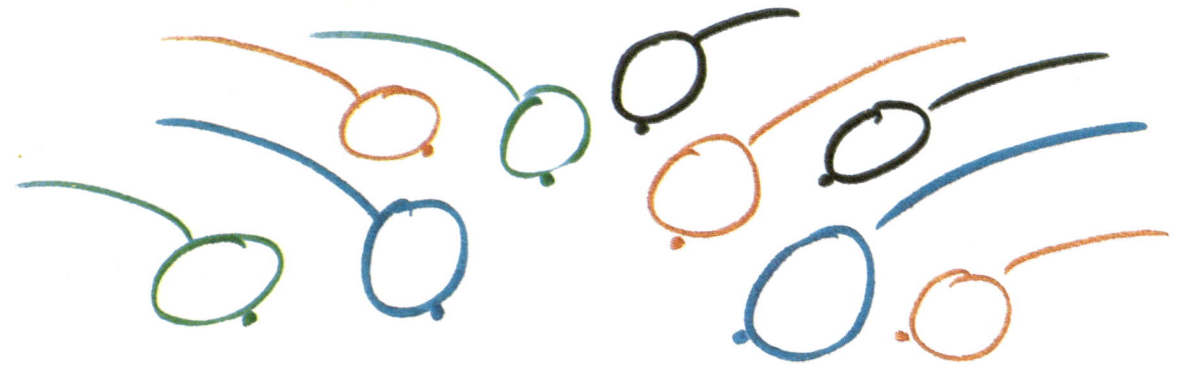

ET COMMENT!"

RÉPONDIT LE CONTEUR.

ELLE CRAQUE!

ET ALORS VOICI LE CHAOS ÉCONOMIQUE!

"MAIS C'EST TELLEMENT ÉVIDENT ! POURQUOI TOUT LE MONDE CONTINUERAIT-IL À TIRER ?" DEMANDÈRENT LES ENFANTS.

"POUR <u>DEUX</u> RAISONS PRINCIPALES...

1. ON A CONDITIONNÉ LES GENS À VOULOIR DES CHOSES DONT ILS N'ONT PAS VRAIMENT **<u>BESOIN</u> !**

2. ON A TUÉ EN EUX LE GOÛT DE LA PERFECTION.

LE BUT N'EST PLUS DE CRÉER MAIS D'EXPLOITER, D'EXTRAIRE LE MAXIMUM EN CÉDANT LE MINIMUM !

"MAIS CELA RESSEMBLE À UNE ATTITUDE 'À L'ENVERS'!"
"C'EST EXACT. C'EN EST UNE ET C'EST TRÈS IMPORTANT PARCE QUE LES ATTITUDES CONSTITUENT LE CENTRE DE TOUT!

NOTRE MONDE EST GOUVERNÉ PAR DES ATTITUDES!"

"MAIS D'OÙ VIENNENT CES ATTITUDES ?
ELLES DOIVENT BIEN VENIR DE QUELQUE PART ?"
DEMANDA L'UN DES ENFANTS.

"À L'ORIGINE, ELLES
VINRENT DE L'ÉGLISE...

DE LA FAMILLE...

ET DE L'ÉCOLE.

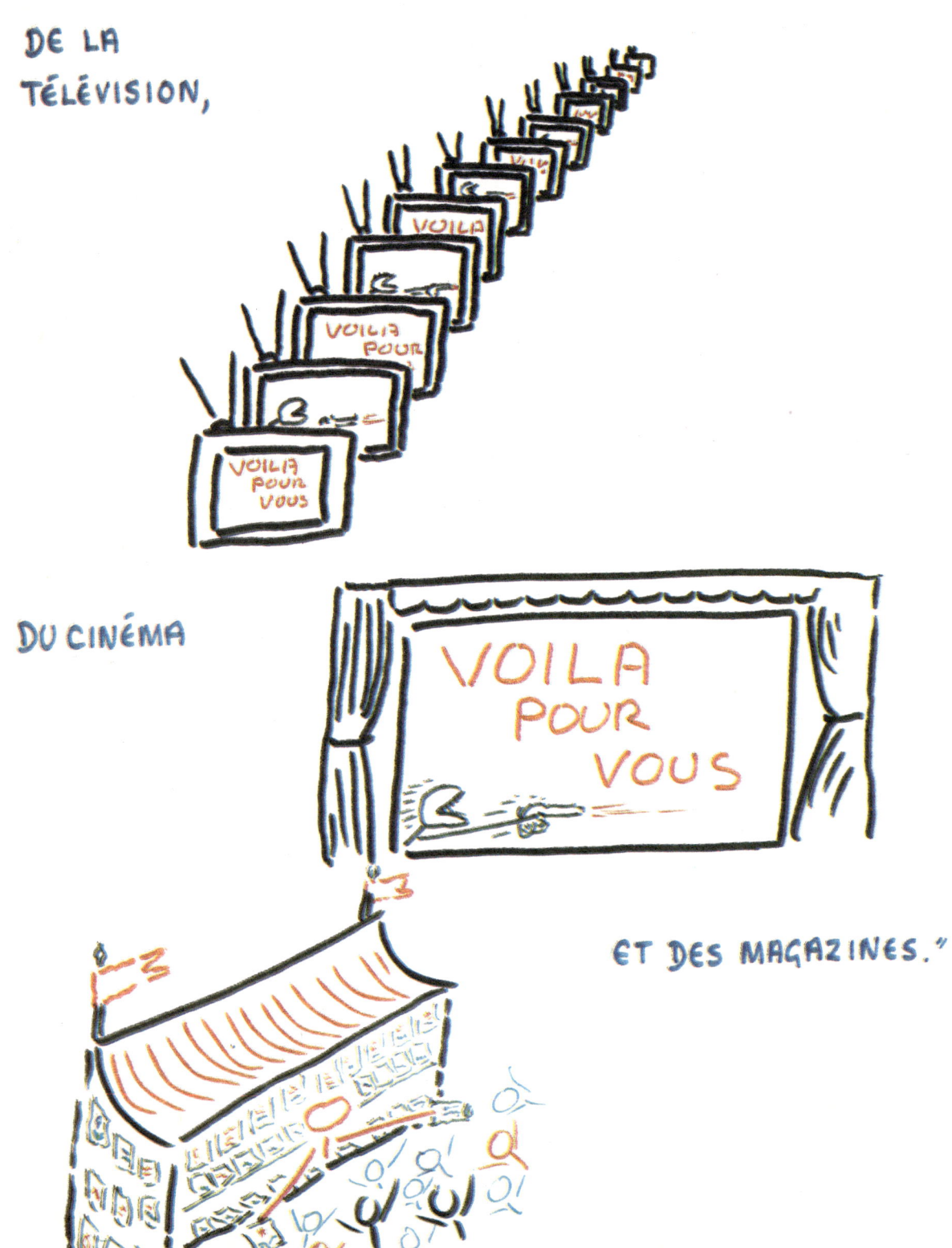

"MAIS CELA N'EST-IL PAS MAUVAIS ?"
DEMANDÈRENT LES ENFANTS.
"SI, C'EST TRÈS MAUVAIS," RÉPONDIT LE CONTEUR.
"ET LES GENS SONT-ILS PRÊTS À SUIVRE ?"

"OUI...

"MAIS C'EST ÉPOUVANTABLE,"
DIRENT LES ENFANTS.

"ET EST-CE DE LÀ QUE VIENT L'AVIDITÉ DES GENS?"

EXACTEMENT!"

"MAIS POURQUOI CELA FERA-T-IL **TOUT CRAQUER** ?

"PARCE QUE, POUR RESTER POPULAIRES ET CONSERVER LE POUVOIR, LES HOMMES POLITIQUES DONNENT AU PEUPLE...

"MAIS C'EST

FOU!"

S'EXCLAMÈRENT-ILS EN ÉCLATANT DE RIRE.

"ET D'OÙ VIENT TOUT L'ARGENT?"
DEMANDA TRÈS DOUCEMENT L'UN DEUX.

"PROMETTEZ-MOI DE NE PAS RIRE ET JE VOUS LE DIS," RÉPONDIT LE CONTEUR.

"MAIS C'EST UNE IDÉE FORMIDABLE, NON ?"
DIRENT LES ENFANTS.

"NON"
DIT LE CONTEUR.

"PARCE QUE QUAND ON L'IMPRIME POUR RIEN, IL FINIT PAR NE PLUS RIEN VALOIR."

"MAIS QU'EST-CE QUE L'ARGENT AU FOND ?"
DEMANDA L'UN D'ENTRE EUX.

"AU DÉPART, CE N'ÉTAIT QU'UN BON REPRÉSENTANT DES BIENS ET DES SERVICES.

UNE SORTE D'INTERMÉDIAIRE BIEN PRATIQUE DANS UN SYSTÈME DE TROC.

L'ARGENT REPRÉSENTAIT DE L'OR. C'ÉTAIT MARQUÉ DESSUS.

MAIS, DE NOS JOURS, IL N'EST QUE

L'ILLUSION

D'UN POUVOIR D'ACHAT.

SA VALEUR NE REPOSE QUE SUR LA CONFIANCE.

TOUT LE JEU EST DE FAIRE CROIRE."
LE GOUVERNEMENT FAIT ET LES GENS CROIENT("

"EST-CE-QUE N'IMPORTE QUI PEUT L'IMPRIMER?"
"NON, DIEU MERCI! SACHANT PERTINEMMENT BIEN QUE TOUT CELA N'A PAS DE SENS SEULS LES DIRIGEANTS S'EN ATTRIBUENT LE DROIT EXCLUSIF.

"N'EST-IL PAS DÉJA TROP TARD?"
"ET COMMENT?"
"EST-CE LÀ OÙ LA BOULE S'EXPLOSE?"
"ÇA SE POURRAIT!"

"SI TOUS LES GENS RÉALISENT D'UN SEUL COUP QUE CE N'EST QU'UN 'JEU DE PAPIER' ET RIEN DE PLUS, ET S'ILS PERDENT TOUS CONFIANCE,

LE SYSTÈME PEUT-IL S'EFFONDRER?"

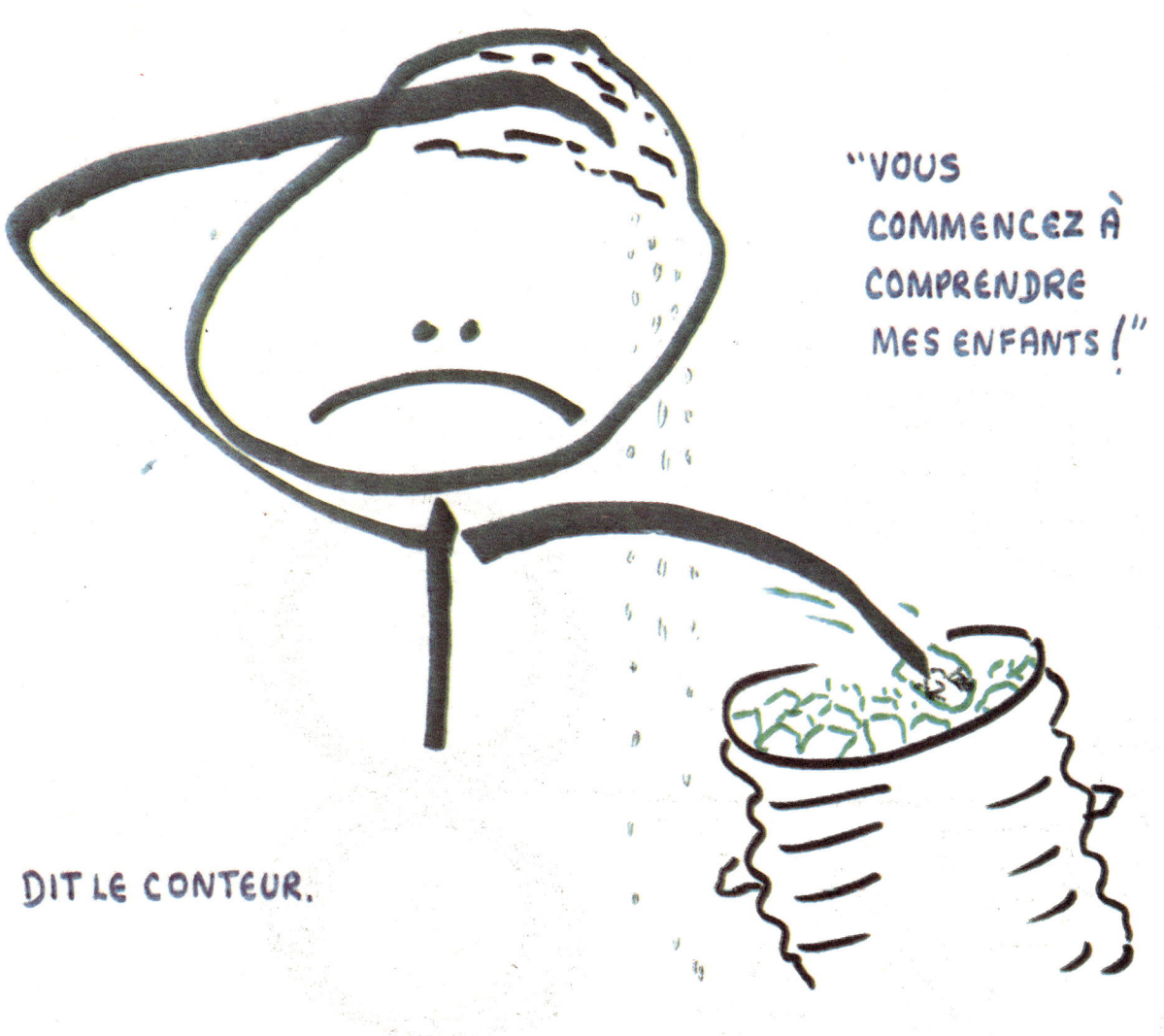

"VOUS COMMENCEZ À COMPRENDRE MES ENFANTS!"

DIT LE CONTEUR.

"MAIS ALORS QUE FERONT LES GENS?"

ET LORSQU'ILS COMPRENDRONT SOUDAIN QU'ILS DÉPENDENT DES HOMMES POLITIQUES ET NON D'EUX-MÊMES POUR REMPLIR LEUR VENTRE...

ILS SERONT EFFRAYÉS...

ET DE CE FAIT AGRESSIFS...

ET PANIQUÉS

ET C'EST ALORS QUE LES CHOSES TOURNERONT...

MAL!

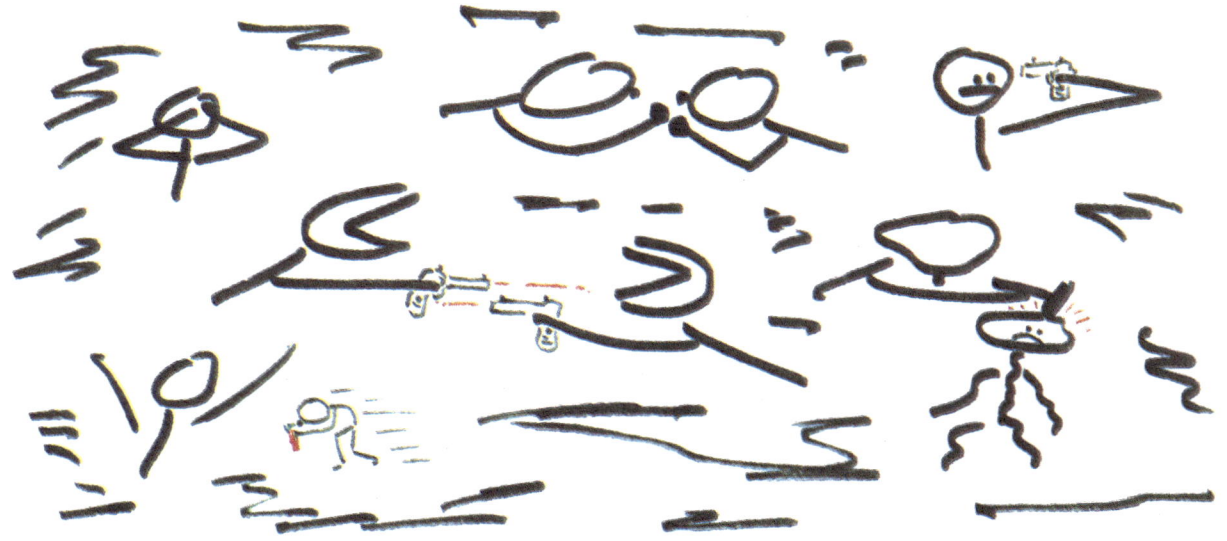

"MAIS QUE POUVONS-NOUS FAIRE?

"C'EST UNE CHOSE DE COMPRENDRE POURQUOI LE MONDE EST MALADE:

C'EN EST UNE AUTRE DE LE GUÉRIR.

NOUS RÉCOLTONS CE QUE NOUS AVONS SEMÉ, ET SI NOUS VOULONS DEMAIN UNE RÉCOLTE PARFAITE NOUS DEVONS SEMER AUJOURD'HUI DES GRAINES PARFAITES.

CE SONT LES JEUNES AVEC LEUR ABONDANCE D'ÉNERGIE POSITIVE QUI DÉTIENNENT LA CLEF DE LA CONDUITE DU MONDE.

JE VAIS VOUS EXPLIQUER..."

CHAPITRE 2.

D'OÙ VIENNENT LES DIRIGEANTS

ET LE CONTEUR S'ASSIT POUR EXPLIQUER.

"CHAQUE SOCIÉTÉ EST FAITE DU MEILLEUR COMME DU PIRE.

IL EN A TOUJOURS ÉTÉ AINSI DEPUIS QUE L'HOMME EXISTE SUR CETTE PLANÈTE.

COMPOSER AVEC CETTE RÉALITÉ...

...CAR LE BONHEUR ET LA SANTÉ DE LA SOCIÉTÉ DÉPENDENT DE SA CAPACITÉ À METTRE LES MEILLEURS À SA TÊTE.

CELA PEUT MÊME ÊTRE UNE QUESTION DE VIE OU DE MORT !

APRÈS TOUT, LES DIRIGEANTS NE TIENNENT PAS SEULEMENT LA BARRE, MAIS PAR LEURS ATTITUDES ET LEURS ACTIONS, ILS MONTRENT LE CHEMIN !"

Alors le conteur se leva.

"Que font les chercheurs pour isoler l'or d'un tas de sable?"

demanda le conteur.

"Ils mettent le tout dans une cuvette avec un peu d'eau et SECOUENT!

Et tandis qu'ils secouent, les petites paillettes, les plus grosses aussi d'ailleurs, montent à la surface, comme par MAGIE.

Pourquoi?

Parce que, au lieu de se frayer un passage vers le haut, le sable fin en descendant sous elles les a simplement fait remonter."

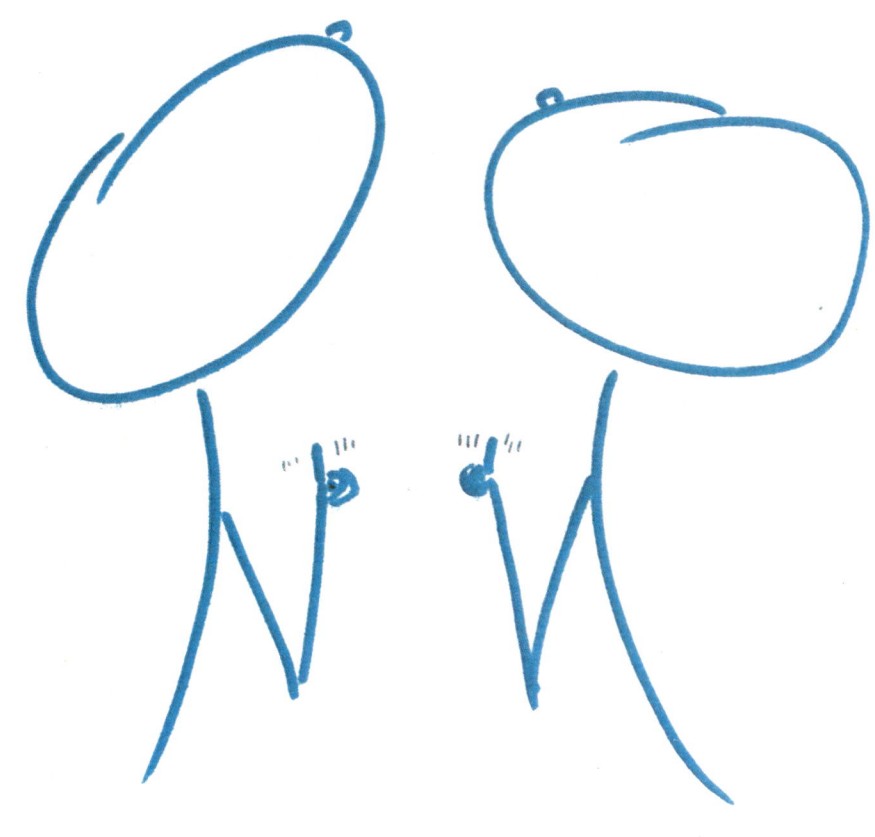

"QUELLE IDÉE FORMIDABLE!"
S'ÉCRIÈRENT LES ENFANTS D'UNE SEULE VOIX.

"VOUS VOYEZ," DIT LE CONTEUR, "NOUS NE POUVONS PLUS ÊTRE DIRIGÉS PAR DES HOMMES QUI

SONT PRÊTS À TOUT

POUR ARRIVER AU SOMMET.

À PRÉSENT LA TECHNOLOGIE NOUS A DONNÉ TROP DE POUVOIR POUR QUE NOUS LE CONFIONS À CEUX QUI CHERCHENT À DOMINER.

ON LE DISAIT DÉJÀ AU TEMPS DES GRECS, IL Y A TRÈS, TRÈS LONGTEMPS...

"SI UN HOMME VEUT LE POUVOIR,
ALORS, IL NE FAUT SURTOUT PAS LUI PERMETTRE DE L'AVOIR

NOUS, LE PEUPLE, NE DEVONS PORTER AU SOMMET QUE LES PLUS SAGES, ET DONC LES PLUS HUMBLES.

IL N'EST PAS POSSIBLE DE METTRE NOTRE PLANÈTE SUR LE BON CAP TANT QUE NOUS N'AURONS PAS À LA BARRE DES HOMMES CAPABLES DE NOUS FAIRE NAVIGUER EN EAUX SÛRES," DIT LE CONTEUR AVEC UNE PROFONDE GRAVITÉ.

"NOTRE NAVIRE EST MAINTENANT UNE EMBARCATION TRÈS PUISSANTE ET TRÈS RAPIDE.

NOTRE MARGE D'ERREUR S'EST ÉVANOUIE AVEC LES PROGRÈS DE LA TECHNOLOGIE.

NOTRE ROUTE EST JONCHÉE

DE MINES.

CE QU'IL Y A LIEU DE FAIRE
À PRESENT EST TRÈS FACILE
À EXPLIQUER, MAIS BEAUCOUP
PLUS DIFFICILE À <u>FAIRE</u>.

ALORS, ÉCOUTEZ-MOI BIEN, LES ENFANTS...
PARCE QUE C'EST VOUS QUI ALLEZ LE FAIRE !

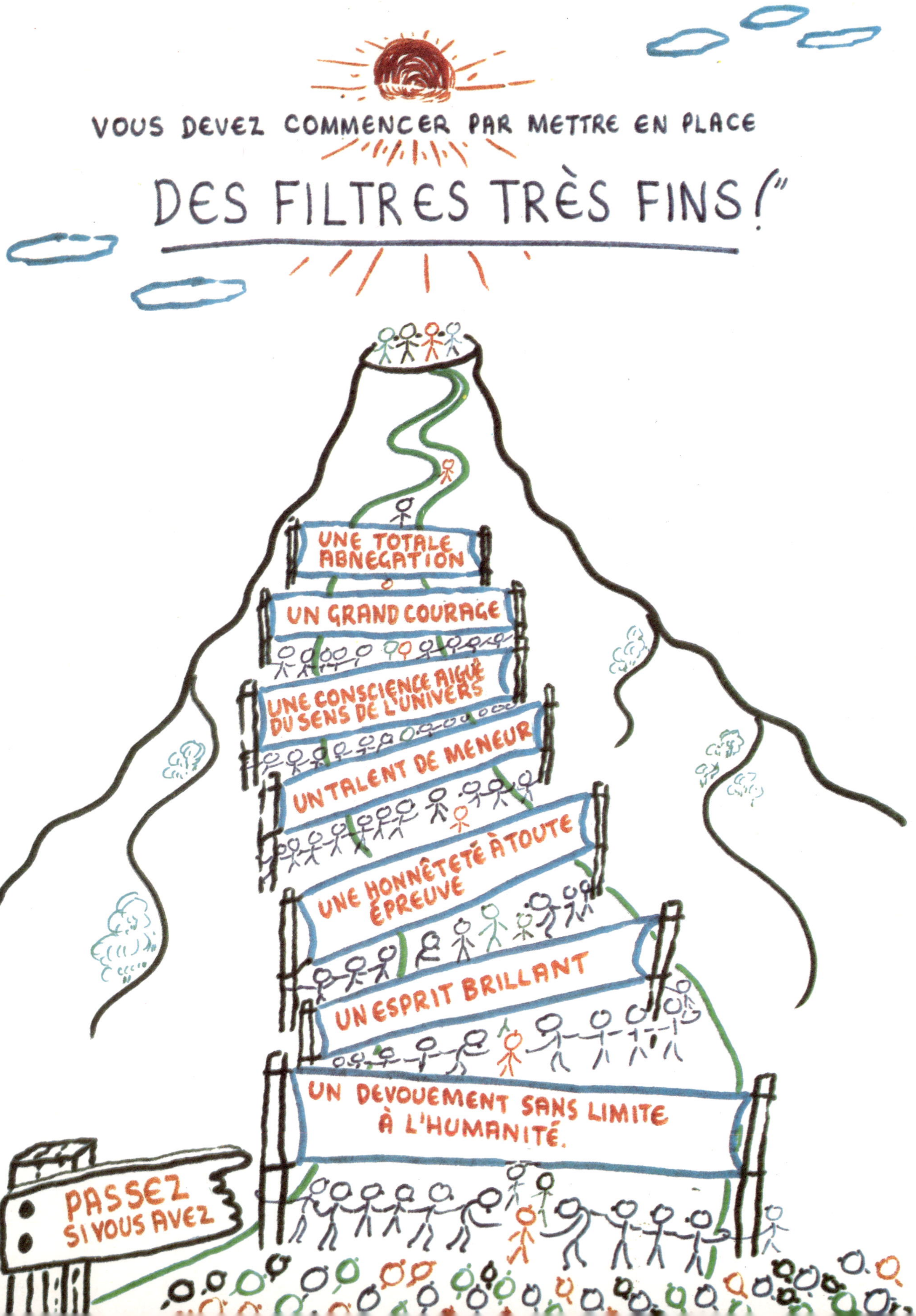
VOUS DEVEZ COMMENCER PAR METTRE EN PLACE
DES FILTRES TRÈS FINS !"
UNE TOTALE ABNEGATION
UN GRAND COURAGE
UNE CONSCIENCE AIGUË DU SENS DE L'UNIVERS
UN TALENT DE MENEUR
UNE HONNÊTETÉ À TOUTE ÉPREUVE
UN ESPRIT BRILLANT
UN DEVOUEMENT SANS LIMITE À L'HUMANITÉ.
PASSEZ SI VOUS AVEZ

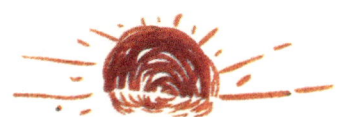

"UN TEL SYSTÈME EXISTE-T-IL ACTUELLEMENT?" DEMANDÈRENT LES ENFANTS.

BIEN SÛR !

DANS UN PAYS, ET PEUT-ÊTRE DANS D'AUTRES LORSQUE VIENT LE MOMENT D'ÉLIRE LE MAIRE, LES CANDIDATS NE SE BOUSCULENT PAS AFIN DE RECUEILLIR LES SUFFRAGES...

POUR EUX-MÊMES

LES ANCIENS DU VILLAGE SE RÉUNISSENT POUR ESSAYER DE DÉCIDER QUI EST LE PLUS SAGE, A LE PLUS DE COMPASSION.

PUIS ILS VONT LE TROUVER ET LE SUPPLIENT DE DONNER TROIS OU CINQ ANNÉES DE SA VIE POUR SERVIR LES AUTRES !"

"FANTASTIQUE!"

S'EXCLAMÈRENT LES ENFANTS.

"MAIS LE PLUS SOUVENT CELA NE MARCHE PAS AINSI," DIT LE CONTEUR.

"ET POURQUOI?"

DEMANDÈRENT LES ENFANTS.

"PARCE QUE, POUR TRIER EFFICACEMENT, LES GENS DOIVENT ÊTRE :

1. INFORMÉS AVEC PRÉCISION.
2. CONCERNÉS PAR LE BIEN-ÊTRE DE TOUS À LONG-TERME.
3. DES DECIDEURS SAGES ET COMPÉTENTS.

MAIS, EN GÉNÉRAL, ILS SONT…

1. MANIPULÉS PLUTÔT QU'INFORMÉS.
2. PRÉOCCUPÉS DE LEURS PROPRES INTÉRÊTS IMMÉDIATS.
3. MALADROITS ET PEU SÛRS POUR DÉCIDER.

ET AINSI DONC...

✓ LES ASSOIFFÉS DE POUVOIR,
✓ LES ARROGANTS
✓ ET LES TYRANS

SE BATTENT POUR ARRIVER AU SOMMET !

ET EN GÉNÉRAL,
MAIS PAS TOUJOURS,

- LES GENTILS
- LES SAGES
- ET LES HUMBLES

RESTENT CALMEMENT
DANS LEUR PETIT COIN.

"MAIS IL ME SEMBLE," DIT L'UN DES ENFANTS, "QUE

DANS UNE DICTATURE, LES AFFAMÉS DE POUVOIR S'EMPARENT DU POUVOIR

ET DANS UNE DEMOCRATIE C'EST LE PEUPLE QUI LE LEUR DONNE!

ON DIRAIT QUE TOUT EST À L'ENVERS."

"OUI,

C'EST POUR CELA QU'IL VAUT MIEUX SE TENIR LA TÊTE EN BAS!

LES YOGIS SONT DES GENS TRÈS SAGES!

MAIS ATTENTION NE CHERCHEZ PAS LES SOLUTIONS DANS UN QUELCONQUE SYSTÈME.

AUCUN NE POURRA VOUS LES FOURNIR!

LA SOLUTION NE REPOSE PAS DANS UN SYSTÈME.

SI LES ATTITUDES SONT CORRECTES, TOUS LES SYSTÈMES SONT BONS, MAIS SI LES ATTITUDES SONT INCORRECTES, TOUS LES SYSTÈMES SONT MAUVAIS!

TOUT EST AFFAIRE D'ATTITUDE!

Si vous êtes sages, vous saisirez un atout très précieux que la technologie vous offre aujourd'hui. Soyez attentifs !

Vous disposez à présent

DES MOYENS DE COMMUNICATION

Vous êtes maintenant potentiellement unis à tous vos frères et sœurs de la planète.

Ils peuvent partager vos joies et vos peines.

Si vous trouvez comment utiliser tous cela avec sagesse,

ET SI VOUS N'EN ABUSEZ PAS,

vous détiendrez une clé d'accès vers un gouvernement sage et humain."

CHAPITRE 3.

QU'EST-CE-QUI SE CACHE DERRIÈRE LA GAUCHE ET LA DROITE

LES ENFANTS DEMANDÈRENT AVEC CURIOSITÉ :

"MAIS POURQUOI Y A-T-IL TOUJOURS CETTE LUTTE ENTRE

LA GAUCHE

et

LA DROITE ?"

"C'EST CERTAINEMENT L'UNE DES CHOSES LES PLUS STUPIDES AU MONDE, QUI FUT PRÉTEXTE À D'ÉNORMES GASPILLAGES D'ARGENT, DE TEMPS, D'ÉNERGIE, ET SURTOUT... DE VIES HUMAINES !

IL Y A DU BON ET DU MAUVAIS, À GAUCHE COMME À DROITE.

LE COMMUNISME VOULAIT DONNER LE FRUIT DU TRAVAIL AU TRAVAILLEURS.

LE CAPITALISME VOULAIT DONNER LE FRUIT DU TRAVAIL À CEUX QUI AVAIENT FOURNI LE CAPITAL, AFIN DE PERMETTRE AUX TRAVAILLEURS DE TRAVAILLER.

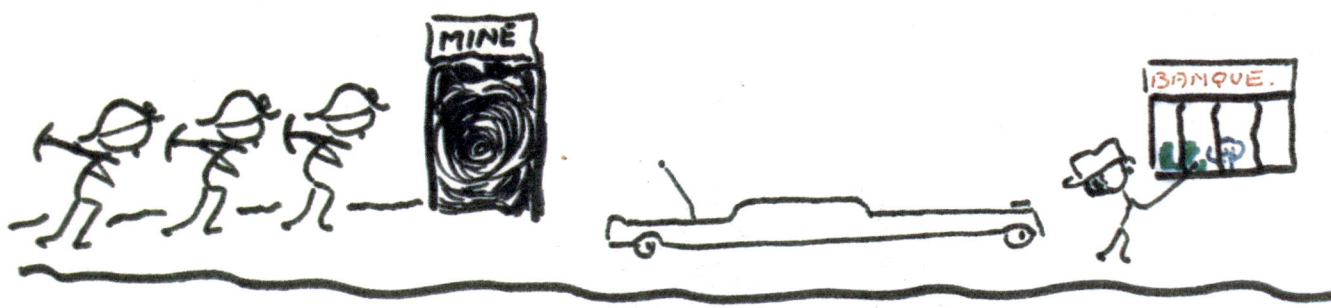

LORSQUE LES MACHINES ONT REMPLACÉ LES TRAVAILLEURS PEUT-ÊTRE LE COMMUNISME ET

LE CAPITALISME DANS LEUR RÔLE RADICALEMENT CHANGÉ POURRAIENT TENDRE LA MAIN AUX PAYS EN VOIE DE DÉVELOPPEMENT ET TOUS ENSEMBLE POURSUIVANT LES MÊMES OBJECTIVES POURRAIENT-ILS ENTÂMER LA CONSTRUCTION D'UNE PLANÈTE CONVENANT AUX HOMMES POUR Y VIVRE, POUR Y ÉLEVER LEURS ENFANTS DANS LA LIBERTÉ, LA JOIE ET LA PROSPÉRITÉ.

"AU LIEU DE LA LUTTE DE TRACTION À LA CORDE TERRIBLEMENT DESTRUCTRICE ET TRÈS DANGEREUSE QUI OPPOSE

LA GAUCHE   ET   LA DROITE

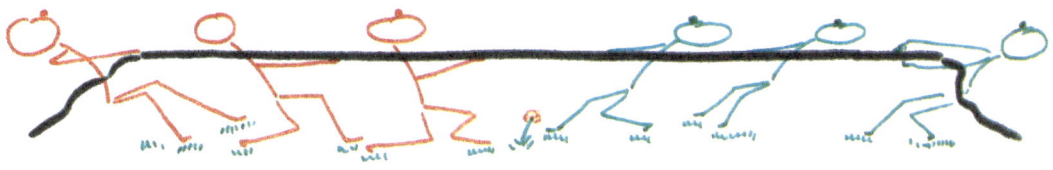

IL FAUT, SI LE MONDE VEUT SURVIVRE SUR CETTE PLANÈTE, QUE LES FORCES POSITIVES DE DROITE ET DE GAUCHE S'UNISSENT POUR ÉLEVER LES FORCES

NEGATIVES TANT DE DROIT QUE DE GAUCHE."

"MAIS LORSQUE NOUS PARLONS DE CELA AUX GRANDES PERSONNES, ELLES NOUS DISENT DE CESSER DE RÊVER."

"VOUS POUVEZ LEUR RÉPONDRE QUE VOS RÊVES SONT EN VOIE DE DEVENIR RÉALITÉ.

LA DROITE ET LA GAUCHE ONT FINALEMENT LANCÉ AU-DESSUS DU FOSSÉ UN PONT EMPRUNTÉE PAR TOUS, HORMIS UNE POIGNÉE D'HOMMES DONT LA VISION EST SI DÉFORMÉE QU'ILS NE LA VOIENT MÊME PAS.

CELA COMMENÇA PAR LES ENFANTS, QUI TROP PETITS POUR COMPRENDRE QU'UN FOSSÉ ÉTAIT SUPPOSÉ EXISTER, TRAVERSÈRENT LE PONT SANS MÊME SE RENDRE COMPTE QUE C'ÉTAIT UN PONT.

PUIS ILS FURENT SUIVIS PAR TOUTES SORTES DE GENS :

DES MÉDECINS
DES SAVANTS
DES ÉTUDIANTS
DES MUSICIENS
PUIS, ENFIN... "LES GÉNÉRAUX DE LA PAIX"
ET, FINALEMENT, LES HOMMES POLITIQUES ET LEURS PROPRES ÉTATS-MAJOR.

IL Y A BIEN ENCORE QUELQUES IRRÉDUCTIBLES QUI RESTENT DEBOUT PRÈS DU PONT À CONTEMPLER LE FOSSÉ SANS MÊME SE RENDRE COMPTE QU'IL Y A UN PONT À CÔTÉ D'EUX, MAIS LEUR NOMBRE DIMINUE RAPIDEMENT."

"JE NE COMPRENDS RIEN À CETTE HISTOIRE DE GAUCHE ET DE DROITE..." DIT UN PEU TIMIDEMENT LE PLUS JEUNE.

"ET BIEN," RÉPONDIT LE CONTEUR, "NE CROYEZ PAS MANQUER QUELQUE CHOSE, PARCE QUE LA PLUPART DES GRANDES PERSONNES SONT DANS LE MÊME CAS QUE VOUS.

UNE DES QUESTIONS ESSENTIELLES EST DE SAVOIR SI :

L'INDIVIDU DOIT ÊTRE AU SERVICE DE L'ETAT

OU

L'ÉTAT AU SERVICE DE L'INDIVIDU

IL Y A BIEN LONGTEMPS, UN HOMME S'EST LEVÉ ET A PROCLAMÉ :

"JE REPRÉSENTE LA GAUCHE. VOICI MES IDÉES.

VOUS DEVEZ CROIRE EN TOUTES ET VOUS ALLEZ TOUS ME SUIVRE !"

UN AUTRE HOMME SE LEVA ET DÉCLARA À SON TOUR :

"JE REPRÉSENTE LA DROITE.

VOICI LES SEULES IDÉES VALABLES. VOUS DEVEZ CROIRE EN TOUTES ET ME SUIVRE !"

"ET LES GENS, QUI NE SE SONT PAS INQUIÉTÉS DE RÉFLÉCHIR, OU N'ONT PU LE FAIRE, ONT GOBÉ LE TOUT ET SE SONT TROUVÉS ÉTIQUETÉS

DE GAUCHE OU DE DROITE

MAIS ESSAYEZ DONC DE CLASSER L'INFINIE VARIÉTÉ DES ESPRITS HUMAINS EN DEUX CATÉGORIES SEULEMENT!

    LORSQUE LA PENSÉE DES GENS EST DEVENUE PLUS ÉVOLUÉE

    LORSQUE LES ENJEUX SE SONT COMPLIQUÉS

    LORSQUE LES MOYENS DE COMMUNICATION ONT DÉPLOYÉ LEURS AILES DANS LE MONDE ENTIER,

ALORS IL EST DEVENU DIFFICILE D'AVALER CETTE HISTOIRE DE GAUCHE ET DE DROITE,

ET LA CONFUSION S'EST INSTALLÉE."

"MAIS QUE FAUDRAIT-IL FAIRE ?" DEMANDÈRENT LES ENFANTS.

"EH BIEN, TOUS CEUX QUI EPROUVENT LE BESOIN DE MONTRER AUX AUTRES OÙ ILS SE SITUENT POLITIQUEMENT, COMME LES POLITICIENS OU MÊME QUELQUES CITOYENS ORDINAIRES, DEVRAIENT PRÉPARER UNE PETITE FICHE REPRÉSENTANT NON PAS UN SIMPLE POINT SUR UNE LIGNE, MAIS LEUR PROFIL POLITIQUE.

PROFIL POLITIQUE... M. DUPONT	POUR	UN PEU	CONTRE
LA LIBERTÉ D'EXPRESSION.			
LE MULTIPARTISME POLITIQUE			
LE LIBRE CHOIX DE L'ÉCOLE			
LE LIBRE CHOIX DU MÉDECIN			
LE SERVICE MILITAIRE OBLIGATOIRE			
LA PROPRIÉTÉ COLLECTIVE DES MOYENS DE PRODUCTION			
LA LIBRE CIRCULATION DES HOMMES			
L'UTILISATION DE L'ÉNERGIE NUCLÉAIRE			
LE REVENU MINIMUM GARANTI			
LE DROIT A L'AVORTEMENT			
L'EUTHANASIE			
LA PEINE DE MORT			
LE DIVORCE			
L'ABSENCE DE TOUTE CENSURE EN MATIÈRE DE PORNOGRAPHIE			
LA RECONNAISSANCE LÉGALE DE LA PROSTITUTION			
LES SYNDICATS			
ETC			
ETC.			

ILS POURRAIENT ALORS SANS EMBARRAS ÊTRE SIMULTANÉMENT DE GAUCHE ET DE DROITE."

"ET POURRAIENT-ILS MODIFIER LEUR CARTE POLITIQUE S'ILS CHANGENT D'AVIS?"

"MAIS BIEN SÛR. ELLE INDIQUE CE QU'ILS PENSENT ET NON CE QU'ILS ONT PENSÉ.

"MAIS CELA EST TELLEMENT SIMPLE, POURQUOI TOUT LE MONDE NE LE FAIT-IL PAS?"

"LES GENS NE VEULENT PEUT-ÊTRE PAS S'ENGAGER."

"MAIS AUJOURD'HUI À GAUCHE ET À DROITE, QUI REÇOIT QUOI?"

"À L'EXTRÊME GAUCHE L'ÉTAT DONNE PRESQUE TOUT AU PEUPLE,

MAIS CELUI-CI DOIT TRAVAILLER EN ÉCHANGE!

TANDIS QUE DANS LA PLUPART DES SYSTÈMES SOCIALISTES L'ÉTAT DONNE PRESQUE TOUT AU PEUPLE

SANS

LE FORCER À TRAVAILLER!"

"MAIS LE SYSTÈME SOCIALISTE N'EST-IL PAS TERRIBLEMENT TENTANT?" DEMANDA L'UN DES ENFANTS.

"TOUT À FAIT..." RÉPONDIT LE CONTEUR, "ET C'EST UNE CHOSE D'AIDER LES GENS QUI ONT DE SÉRIEUSES DIFFICULTÉS... ET UNE AUTRE DE LES PLONGER DANS DE SÉRIEUSES DIFFICULTÉS EN EN FAISANT DES ASSISTÉS."

"MAIS LES TENTATEURS NE SONT-ILS PAS AUSSI COUPABLES QUE LES TENTÉS?

NE SONT-ILS PAS AUSSI RESPONSABLES

QUE CEUX QUI SE LAISSENT FAIRE?"

"BEAUCOUP PLUS!

CAR EN TANT QUE DIRIGEANTS... ILS SONT CENSÉS MIEUX SAVOIR.

ET QUI PLUS EST, LORSQUE LES GENS NE SONT PAS MANIPULÉS, ILS SONT BEAUCOUP PLUS HEUREUX EN AYANT UNE ACTIVITÉ DONT ILS SONT FIERS QU'EN ÉTANT DES PARASITES."

"ALORS, POURQUOI LES DIRIGEANTS FONT-ILS CELA?"

"PARCE QUE TANT DE GENS VIVENT AUJOURD'HUI DANS CE MONDE DE RÊVE QUE CEUX QUI DÉTIENNENT LE POUVOIR CRAIGNENT DE NE PAS ÊTRE ÉLUS S'ILS PERDENT LES VOIX DES SANS-EMPLOI..."

"MAIS SI ON HABITUE LES GENS À ÊTRE DES ASSISTÉS, ILS DEVIENNENT DÉPENDANTS, N'EST-CE PAS?"

"EXACTEMENT,"

RÉPONDIT LE CONTEUR.

"ET EN QUELQUE SORTE ILS VOUS APPARTIENNENT," DIT L'UN DES ENFANTS. "VOUS AVEZ TOUT COMPRIS!"

"AINSI LE PEUPLE DÉPEND DES HOMMES POLITIQUES POUR ASSURER SA SUBSISTANCE,

ET CEUX-CI DÉPENDENT À LEUR TOUR DES SUFFRAGES DU PEUPLE.

ET TOUT CELA SE PASSE SANS QUE PERSONNE NE SE DEMANDE D'OÙ VIENT L'ARGENT!

MAIS C'EST COMPLÈTEMENT FOU!"

DIRENT LES ENFANTS.

"IL NOUS SEMBLE QUE

- SI NOUS N'ADOPTONS PAS LA BONNE ATTITUDE
- SI NOUS LAISSONS LES HOMMES ASSOIFFÉS DE POUVOIR GRIMPER JUSQU'AU SOMMET
- SI LE MONDE SE QUERELLE À PROPOS DE LA GAUCHE ET LA DROITE
- SI NOUS AVONS DÉSORMAIS PLUS DE POUVOIRS QUE DE BON SENS

NOUS SOMMES COMME UN BATEAU NAVIGANT AU MILIEU DES MINES.

NOUS SOMMES EN DIFFICULTÉ!"

"OUI, NOUS SOMMES EN DIFFICULTÉ!
RÉPONDIT LE CONTEUR,
"MAIS SI NOUS FAISONS PREUVE
DE SAGESSE
NOUS NOUS EN SORTIRONS."

CHAPITRE 4.

QU'EST-CE-QUE LE CHÔMAGE

"NOUS ENTENDONS BEAUCOUP DE GENS PARLER DU CHÔMAGE, SOIT PARCE QU'ILS SONT DÉJÀ CONTAMINÉS, SOIT PARCE QU'ILS DOIVENT PAYER LA NOTE POUR D'AUTRES QUI EUX SONT DÉJÀ CONTAMINÉS

ET PENDANT CE TEMPS, LES HOMMES POLITIQUES RÉPÈTENT...

ACCROCHEZ-VOUS, NOUS ALLONS RÉSOUDRE LE PROBLÈME !"

MAIS IL NE SE PASSE JAMAIS RIEN, SI CE N'EST QUE

LE PROBLÈME NE CESSE DE S'AGGRAVER.

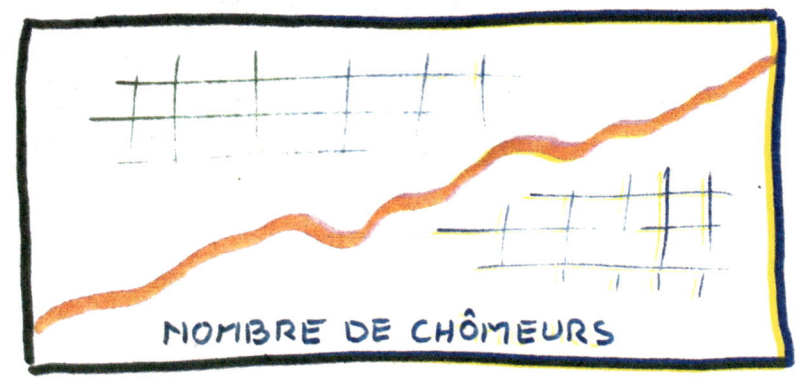
NOMBRE DE CHÔMEURS

DE LA FAÇON DONT ILS S'Y PRENNENT LES CHOSES NE PEUVENT QU'EMPIRER :

LES HOMMES POLITIQUES NE DÉVOILENT PAS LA VÉRITABLE CAUSE DU CHÔMAGE.

IL N'EST POURTANT PAS BESOIN D'ÊTRE UN HOMME POLITIQUE POUR COMPRENDRE.

C'EST CLAIR POUR TOUT LE MONDE, MAIS CHACUN LE CONSERVE COMME UN ÉNORME SECRET(!!)

"POURQUOI?" DEMANDÈRENT LES ENFANTS EN MÊME TEMPS.

"LES HOMMES POLITIQUES N'EN PARLENT PAS TOUT SIMPLEMENT PARCE QUE CELA EST MAUVAIS POUR LEURS VOTES.

ET LES GENS N'EN PARLENT PAS PARCE QUE, DE LA FAÇON DONT LEUR ESPRIT EST RÉGLÉ EST MAUVAIS POUR LEUR MORAL.

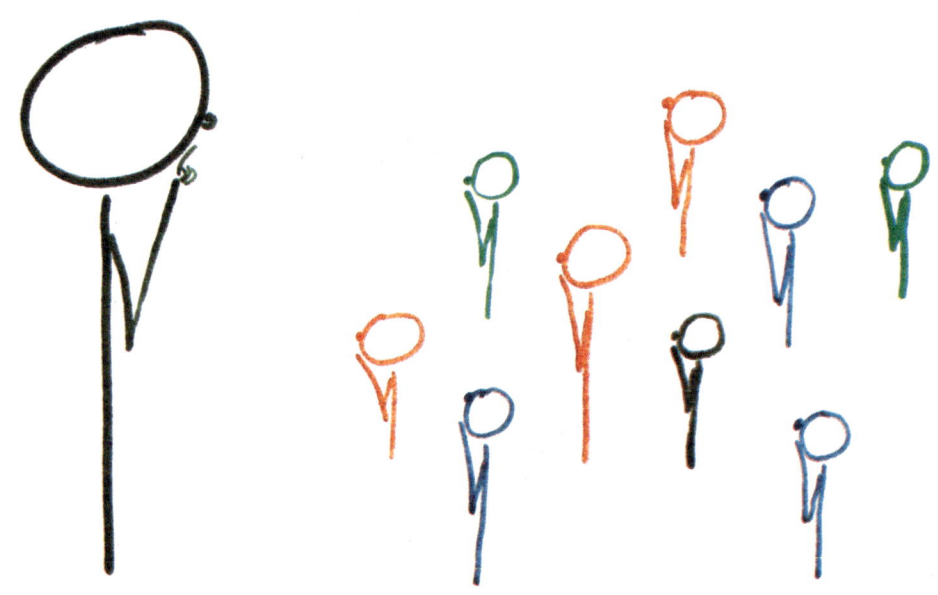

LAISSEZ-MOI VOUS EXPLIQUER," DIT LE CONTEUR. "DEPUIS QUE L'HOMME S'EST OCCUPÉ DE TECHNOLOGIE, IL S'EST EFFORCÉ DE FABRIQUER DES GADGETS PERMETTANT AUX AUTRES DE SE DÉBARRASSER DE LEUR TRAVAIL...

L'HOMME A UNE RELATION "AMOUR-HAINE" AVEC LE TRAVAIL.

ON LUI A ENSEIGNÉ QU'IL DEVAIT L'AIMER MAIS, TRÈS SOUVENT AU FOND DE LUI, IL LE DÉTESTE POUR LA PLUS GRANDE PART,

TOUT EN AIMANT L'ARGENT QU'IL LUI RAPPORTE !

REGARDEZ-LE FAIRE DÈS QU'IL PEUT LE FUIR ! ET EN FAIT, IL EST TOUT À FAIT POSSIBLE QUE LE DESTIN DE L'HOMME, APRÈS DES CENTAINES DE MILLIERS D'ANNÉES D'ÉVOLUTION, NE SOIT PAS DE FINIR DANS UNE USINE OU À LA MINE. IL Y A PEUT-ÊTRE MIEUX QUI L'ATTEND.

D'ABORD VINT LA **ROUE**, ENSUITE L'**IMPRIMERIE**. ET LE **FUSIL**. PUIS, TOUT D'UN COUP, LES PORTES DE LA TECHNOLOGIE SE SONT OUVERTES LARGEMENT ET TOUT A DÉFERLÉ!

LE TÉLÉPHONE AUTOMATIQUE.

LA MACHINE À LAVER AUTOMATIQUE.

LA POMPE À ESSENCE AUTOMATIQUE

QUI VOUDRAIT SE PASSER DE CES INVENTIONS ?

ET UNE FOIS QUE NOUS EÛMES PRIS LE PLI, LES CHOSES ALLÈRENT DE PLUS EN PLUS VITE ET DES MACHINES DE PLUS EN PLUS SOPHISTIQUÉES FURENT VOMIES PAR LES USINES, TOUTES DESTINÉES À AFFRANCHIR L'HOMME DES CORVÉES... OU À LE METTRE AU CHÔMAGE ; TOUT DÉPEND DE L'ANGLE SOUS LEQUEL ON CONSIDÈRE LA CHOSE !

ET UN JOUR L'HUMANITÉ EN EST ARRIVÉE AU POINT OÙ IL FALLAIT MOINS D'UN HOMME TRAVAILLANT À TEMPS PLEIN POUR SUBVENIR AUX BESOINS D'UN HOMME EN SORTE QUE POUR CHAQUE HOMME SUR LA PLANÈTE, UN AUTRE SE TROUVAIT PARTIELLEMENT INOCCUPÉ... **OU LIBRE.**

PLUS IL Y AVAIT DE GENS, PLUS IL Y AVAIT DE CHÔMEURS. NOUS EN SOMMES FINALEMENT ARRIVÉS AU STADE OÙ LES MACHINES ASSUMENT LEUR RÔLE ULTIME.

LES ORDINATEURS AUTOMATIQUES SE REPRODUISENT TOUT SEULS...

...FABRIQUENT DE NOUVEAUX ORDINATEURS AUTOMATIQUES.

MÊME LES USINES AUTOMATIQUES FABRIQUENT D'AUTRES USINES AUTOMATIQUES.

À L'EXCEPTION DES PERSONNES QUI S'OCCUPENT DES AUTRES, ET DE CELLES QUI ASSURENT L'ENTRETIEN DE MACHINES DÉPASSÉES, QUI N'ONT PAS ENCORE APPRIS À S'ENTRETENIR TOUTES SEULES, OU L'UNE OU L'AUTRE, NOUS EN SOMMES ARRIVÉS AU STADE OÙ

LES MACHINES TRAVAILLENT

ET LES HOMMES VIVENT.

MAIS LE PLUS DRÔLE, C'EST QUE LES GENS, PRIS PAR SURPRISE, N'ONT PAS ENCORE PENSÉ À TOUT CELA ET S'AGITENT EN CRIANT :

"OÙ EST PASSÉ MON EMPLOI ?"

ILS SAVENT EN FAIT TRÈS BIEN OÙ EST PASSÉ LEUR EMPLOI, ET LA PLUPART D'ENTRE EUX NE VOUDRAIENT LE RETROUVER POUR RIEN AU MONDE,

POUR AUTANT QU'ILS PUISSENT JUSTE METTRE LA MAIN SUR L'ARGENT!

ILS NE VOUDRAIENT PLUS TOUT RECOMMENCER :

- ÊTRE STANDARDISTES
- FROTTER À LA BROSSE DU LINGE SALE
- POMPER DE L'ESSENCE À LA MAIN...
   SOUS LA PLUIE

MAIS COMME LES HOMMES POLITIQUES N'ONT RIEN TROUVÉ DE MIEUX À LEUR DIRE, ILS CONTINUENT TOUS À LEUR PROMETTRE

"LE PLEIN EMPLOI."

SI L'HOMME N'A PLUS BESOIN **DE TRAVAILLER POUR VIVRE**, CELA NE SIGNIFIE PAS QU'IL DOIVE RESTER INACTIF.

IL Y A TANT DE CHOSES À FAIRE TELLEMENT PLUS GRATIFIANTES QUE DE TAPER SUR UN CLAVIER DE MACHINE À ÉCRIRE, OU MÊME DE TRAITEMENT DE TEXTE, DE METTRE DES VIS DANS DES TROUS, OU ENCORE D'EXTRAIRE DU CHARBON...

LES HOMMES PEUVENT PAR L'ESPRIT EXPLORER L'UNIVERS. ILS PEUVENT CHERCHER, JUSQU'À LA TROUVER, LA PAIX INTÉRIEURE ET EXTÉRIEURE.

LE MONDE DES ARTS ET DE LA CULTURE LES ATTEND...

IL FAUT DÉCOUVRIR **LA JOIE DE DONNER**...

LE MONDE ÉTAIT SANS LIMITES AVANT QUE L'INDUSTRIE NE FUT INVENTÉE.

IL EST TOUJOURS SANS LIMITES !

MAIS LE JOUR VIENDRA OÙ LES HOMMES VONT SOUDAIN COMPRENDRE, POLITICIENS OU PAS.

J'IMAGINE TRÈS BIEN UNE RÉUNION SYNDICALE AU COURS DE LAQUELLE UN JEUNE HOMME INTELLIGENT SE LÈVERA TRANQUILLEMENT POUR DIRE :

"ARRÊTEZ ! NOUS SOMMES TOUS FOUS !

NOUS SOMMES ENFIN LIBÉRÉS DE LA CONTRAINTE DU TRAVAIL, ET NOUS SOMMES TOUS ASSIS ICI À NOUS PLAINDRE.

NOUS POUVONS TOUS COMMENCER À
VIVRE !

QU'Y A-T-IL DE MAL À CELA ?

Notre destin n'a jamais été de trimer comme des esclaves dans les usines. Cela ne fut qu'un incident de parcours pendant que notre industrie apprenait à assumer son vrai rôle mais n'avait pas encore assez d'expérience pour s'occuper d'elle-même.

Nous avons longtemps joué le rôle de sa nourrice mais l'industrie est aujourd'hui parvenue à l'âge adulte, et n'a plus besoin de nous comme serviteurs.

MAINTENANT NOUS SOMMES LIBRES,

MAIS ATTENTION, NOUS AVONS CONTRACTÉ DEUX MAUVAISES HABITUDES DONT IL NOUS FAUDRA NOUS DÉBARRASSER TRÈS RAPIDEMENT, FAUTE DE QUOI ELLES NOUS COULERONT.

 NOUS AVONS MIS SUR PIED UN SYSTÈME ÉCONOMIQUE DE RÉMUNÉRATION FONDÉ SUR UN APPÉTIT INSATIABLE.

PLUS NOUS PRODUISONS, PLUS NOUS GAGNONS.

LE CRI DE BATAILLE N'EST PLUS

"QUALITÉ !" MAIS "QUANTITÉ !"

LA FIERTÉ DU TRAVAIL ACCOMPLI APPARTIENT À UNE ÉPOQUE RÉVOLUE.

NOUS ET NOTRE MONDE SOMMES LITTÉRALEMENT EN TRAIN D'ÉTOUFFER.

LE MONDE NE PEUT DAVANTAGE SUPPORTER LA CHARGE DE PRODUIRE LA QUANTITÉ DE BIENS À LAQUELLE NOUS ASPIRONS TOUS !

2. NOUS AVONS APPRIS À ESTIMER NOTRE VALEUR EN FONCTION DU **VOLUME** DE TRAVAIL ACCOMPLI.

DE TELLE SORTE QUE NOUS SOMMES MAINTENANT DANS UNE SITUATION OÙ :

1. **NOS REVENUS**

2. **NOTRE AUTO-SATISFACTION**

SONT TOUS DEUX DEPENDANTS DU **VOLUME.**

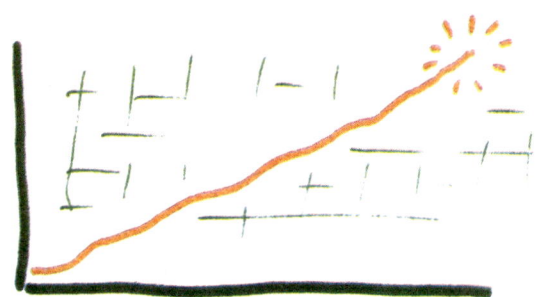

NOUS AVONS CRÉÉ UNE SOCIÉTÉ FONDÉE SUR LA QUANTITÉ ET NON SUR LA QUALITÉ.

L'ÉCOLOGIE DE LA PLANÈTE NE PEUT SUPPORTER LE **VOLUME** QUE NOUS RÉCLAMONS, NOTAMMENT DU FAIT DE L'ACCROISSEMENT DE LA POPULATION."

J'IMAGINE D'ICI LE CHAOS ET LES RESPONSABLES SYNDICAUX TAPANT SUR LA TABLE EN HURLANT...

"TOUT CELA EST TRÈS BIEN, MAIS COMMENT SUGGÉREZ-VOUS DE LES MODIFIER, CES DEUX..."

ALORS LE JEUNE HOMME RÉPONDRA CALMEMENT...

"NOUS DEVRONS OU ALORS NOUS COULERONS!"

"MAIS COMMENT?"

"POUR LE PREMIER PROBLÈME, J'AI UN EMBRYON D'IDÉE, COMME IL EN EXISTE DES MILLIERS SI ON VEUT BIEN LES CHERCHER. VOULEZ-VOUS L'ENTENDRE?"

"OUI."

"EH BIEN, AU MONOPOLY, TOUS LES JOUEURS REÇOIVENT UNE DONNE DE DÉPART. PUIS ILS SONT LIVRÉS À LEURS PROPRES MOYENS... SANS MISSION DE SECOURS POUR SE PORTER CAUTION S'ILS SE TROUVENT EN DIFFICULTÉ...

À LA FIN DE LA PARTIE, ON RAMASSE TOUTES LES MISES POUR LA PARTIE SUIVANTE.

EH BIEN, POURQUOI NE PAS FAIRE LA MÊME CHOSE DANS LA VIE RÉELLE? AVEC, BIEN SÛR, DES RÈGLES PLUS NOBLES QUE SIMPLEMENT AMASSER DE L'ARGENT COMME AU MONOPOLY.

POURQUOI CHAQUE JOUEUR NE RECEVRAIT-IL PAS UNE CERTAINE SOMME DE DÉPART AU MOMENT OÙ IL EN AURAIT L'ÂGE ?

CETTE SOMME SERAIT JUSTE SUFFISANTE POUR VIVRE FRUGALEMENT PENDANT LE RESTANT DE SES JOURS. S'IL ÉTAIT PLUS AMBITIEUX, IL POURRAIT FINANCER SA PROPRE AFFAIRE. MAIS, APRÈS LE DON DE DÉPART, IL N'Y AURAIT PLUS D'AIDE D'ÉTAT EN COURS DE ROUTE.

- PAS D'ÉTAT-PROVIDENCE
- PAS DE MÉDECINE GRATUITE
- PAS DE PENSIONS DE RETRAITE
- RIEN !

SI CE N'EST QU'UNE CHANCE DE DÉMARRER DANS LA VIE !

LES IMPÔTS QU'IL AURAIT À PAYER SERAIENT BASÉS SUR SA VÉRITABLE VALEUR POUR LA SOCIÉTÉ.

CEUX QUI AURAIENT CONTRIBUÉ À ASSAINIR LA SITUATION PAIERAIENT TRÈS PEU, TANDIS QUE CEUX QUI AURAIENT CHOISI D'AGGRAVER LES CHOSES PAIERAIENT BEAUCOUP.

Au terme de la partie, quand chacun rend sa vie, il rend aussi ses jetons qui sont alors remis dans le système pour être attribués aux jeunes qui commencent leur propre vie.

Je pense qu'avec ce système de libre entreprise, les étudiants prendraient leurs études beaucoup plus au sérieux.

Si les gens savaient qu'ils seraient jetés par dessus bord sans gilet de sauvetage, ils ne prendraient pas à la légère les leçons de natation !

Pour commencer, il faudrait offrir le choix entre :

- L'état-providence
- Le système de libre entreprise

Les deux pourraient coexister pendant quelque temps, mais sans aucune possibilité de revenir du second au premier !"

"DINGUE!"

s'écrierait probablement le responsable syndical.

"Pas tellement plus dingue que votre façon de mener le monde ! À ce jour, nous jouons tous à faire croire... Il est temps de se RÉVEILLER !"

PRÉCIPICE

"...concluerait le jeune homme."

LE CONTEUR AJOUTA ALORS SUR UN TON PENSIF:
"JUSQU'AU DÉBUT DU SIÈCLE, L'HOMME A DÛ TRAVAILLER TRÈS DUR, SANS L'AIDE DE MACHINES, POUR GAGNER UN SALAIRE DE MISÈRE. PUIS VINT LA RÉVOLUTION INDUSTRIELLE, ET L'HOMME A ÉTÉ OBLIGÉ DE TRAVAILLER COMME UN ESCLAVE AVEC ET POUR LES MACHINES.

COMME CHARLIE CHAPLIN NOUS L'A MONTRÉ DANS LE FILM "LES TEMPS MODERNES". PUIS COMME NOUS FABRIQUÂMES DES MACHINES DE PLUS EN PLUS INTELLIGENTES, ELLES N'EURENT PLUS BESOIN DE NOUS, PRIRENT À ELLES SEULES LE TRAVAIL EN CHARGE.

L'ÈRE DE L'AUTOMATISATION ÉTAIT AINSI FINALEMENT ARRIVÉE.

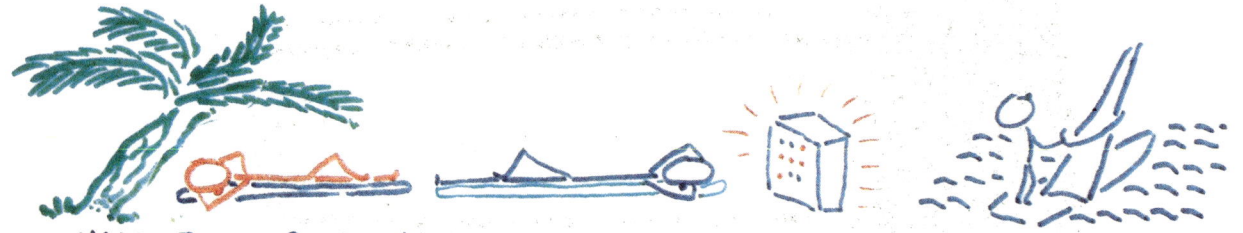

UNE FOIS QUE L'HOMME SERA LIBRE, QUE FERA-T-IL DE SON TEMPS ? VOUDRA-T-IL RETROUVER LE BON VIEUX TEMPS DE L'USINE OU DE LA MINE ?

QUE FERA-T-IL POUR SE PROCURER DE L'ARGENT ?

MAIS... IL EST DÉJÀ BIEN TARD POUR PENSER À CES CHOSES-LÀ !

Le philosophe britannique PETER RUSSELL a fait remarquer que la nature livrait toutes ses ressources

POUR RIEN !

La nourriture, le bois, le charbon, le pétrole, et même les diamants… Le coût apparaît dès que NOUS Y AJOUTONS LE TRAVAIL !

Mais le travail disparaît

désormais très vite.

Quel système donnera, à tous ceux qui ont été libérés par les machines, des "cartes d'accès" à la nourriture, au logement, aux soins médicaux, aux activités de loisirs, ces "bons pour" que l'on appelle aujourd'hui L'ARGENT ?

PAR QUELLES CONVENTIONS LES HOMMES PARTAGERONT-ILS LES FRUITS DE LA TERRE ?

C'est la réponse à ces questions qui déterminera

si l'homme vivra dans la misère ou dans la joie,

dans un monde…

RICHE EN RESSOURCES MAIS PAUVRE EN SAGESSE !

NOUS AVONS DONNÉ LIBRE COURS À LA TECHNOLOGIE DANS LE BUT DE REMPLACER L'HOMME DANS LA TÂCHE DE FABRIQUER DES BIENS ET DE FOURNIR CERTAINS SERVICES.

MAINTENANT QUE NOUS VOYONS NOS EFFORTS COURONNÉS DE SUCCÈS COMMENÇERONS-NOUS À PENSEZ À LA QUESTION:

"QUE FAIRE DE L'HOMME?"

ALLONS-NOUS LE DÉCLARER SUPERFLU... LE JETER À LA DÉCHARGE?

ALLONS-NOUS LE DÉCLARER <u>LIBRE</u> MAIS SANS MOYENS D'EXISTENCE?

OU BIEN DEVONS-NOUS CRÉER UN SYSTÈME ÉCONOMIQUE TOTALEMENT NOUVEAU QUI PUISSE LE RENDRE À LA FOIS LIBRE ET PROSPÈRE?

C'EST LA QUESTION-CLÉ DE NOTRE ÉPOQUE, MAIS NOUS REFUSONS DE LE RECONNAÎTRE !

LES GOUVERNEMENTS FONT **L'AUTRUCHE**.

LES PEUPLES FONT **LE MORT**.

LA NUIT TOMBE, LES NUAGES D'ORAGE POINTENT À L'HORIZON, ET NOTRE CHANCE EN OR S'ESTOMPE PEU À PEU !

IL EST TEMPS DE SE RÉVEILLER !

CHAPITRE 5.

QU'EST-CE QUE L'ARGENT

"MONSIEUR LE CONTEUR, NOUS NE COMPRENONS PAS LE RÔLE DE L'ARGENT DANS LA SOCIÉTÉ.

D'OÙ VIENT-IL ?

COMMENT EST-IL DISTRIBUÉ ?

POURQUOI EST-IL À L'ORIGINE DE TANT DE MALHEURS ET DE SOUFFRANCES ?

IL NOUS SEMBLE QUE LES GOUVERNEMENTS ONT UNE BAGUETTE MAGIQUE POUR EN PRODUIRE À VOLONTÉ, MAIS QUE LES PETITES GENS PEUVENT MOURIR DE FAIM PAR MANQUE DE LA PLUS PETITE BAGUETTE MAGIQUE !

POUVEZ-VOUS EXPLIQUER, S'IL VOUS PLAÎT?"

"AVEC PLAISIR," DIT LE CONTEUR, " MAIS ACCROCHEZ-VOUS, CAR VOUS ALLEZ AVOIR UNE RÉELLE SURPRISE.

COMMENÇONS PAR UN MINISCULE EXEMPLE, DE LA TAILLE D'UN POISSON ROUGE DANS SON BOCAL.

COMMENÇONS PAR LE JEU DE MONOPOLY. AU DÉBUT CHAQUE JOUEUR REÇOIT UNE DONNE ET ALORS LE JEU COMMENCE. CHACUN ESSAIE DE METTRE LA MAIN SUR TOUT CE QU'IL PEUT

- EN ACHETANT
- EN EMPRUNTANT
- EN CONSTRUISANT
- EN VENDANT

ET ENSUITE... PFFT .. LA PARTIE SE TERMINE. TOUTES LES PIÈCES SONT REMISES DANS LA BOÎTE... ET CHACUN RENTRE CHEZ-SOI."

"MAIS CE N'EST PAS POUR DE VRAI!" DIT LE PLUS PETIT.

"MAIS QU'EST-CE QUI EST VRAI?" DEMANDA LE CONTEUR... "CELA MARCHE TANT QUE DURE LA PARTIE, NON?

ENTRONS MAINTENANT DANS CE QUE VOUS APPELEZ LA RÉALITÉ.

IMAGINONS UN IMPRIMEUR TRÈS HABILE QUI A TRAVAILLÉ À IMPRIMER DES BILLETS POUR L'ÉTAT.

IL A EU BEAUCOUP D'ENFANTS, EN A ADOPTÉ D'AUTRES QUI ÉTAIENT EN **DIFFICULTÉ**, MAIS IL NE PUT NOURRIR TOUTES CES BOUCHES AVEC SON SEUL SALAIRE. IL DÉCIDA DONC D'IMPRIMER QUELQUE PEU POUR LUI-MÊME. LA FAMILLE VÉCUT TRÈS BIEN, DONNA BEAUCOUP DE TRAVAIL DANS SON ENTOURAGE ET TOUT LE MONDE ÉTAIT TRÈS HEUREUX.

L'ÉTAT NE SUT JAMAIS QUE JAILLIT UNE PETITE FUITE ET

TOUT ÉTAIT BIEN !

PRENONS MAINTENANT UN EXEMPLE À L'ÉCHELLE SUPÉRIEURE:

IMAGINONS UNE BELLE PETITE ÎLE DANS LE PACIFIQUE.

UNE CENTAINE DE PERSONNES Y MENAIENT UNE EXISTENCE HEUREUSE. L'ÉTAT IMPRIMA L'ARGENT MAIS DONNA À CHACUN TOUT CE QU'IL VOULAIT, MÊME AUX ENFANTS! SI UN PARTICULIER DÉSIRAIT IMPRIMER SON PROPRE ARGENT, CELA CONVENAIT AUSSI!

L'ÉTENDUE DE LEUR RICHESSE ÉTAIT UNIQUEMENT DÉTERMINÉE PAR LES QUANTITÉS QUE CHACUN POUVAIT CULTIVER OU PRODUIRE

ET LEUR BONHEUR ÉTAIT DÉTERMINÉ PAR LE FAIT QUE LEURS DÉSIRS ÉTAIENT OU NON EN HARMONIE AVEC CE QUE LA TERRE POUVAIT LEUR FOURNIR.

LES HABITANTS DE CETTE ÎLE VIVAIENT EN AUTARCIE ET ÉTAIENT DONC AUSSI RICHES QUE LA TERRE LE LEUR PERMETTAIT.

LORSQUE LE BATEAU PASSA, UNE FOIS L'AN, ILS ÉCHANGÈRENT LEUR EXCÉDENT DE PRODUCTION CONTRE DES BIENS DONT ILS AVAIENT LE SENTIMENT D'AVOIR BESOIN. ILS N'AURAIENT PAS ACCEPTÉ L'ARGENT DES PASSAGERS DU BATEAU, DE MÊME QUE LES GENS DU BATEAU N'AURAIENT CERTAINEMENT PAS ACCEPTÉ LE LEUR.

MAIS L'ARGENT NE LEUR IMPORTAIT DU RESTE GUÈRE. ILS NE VIVAIENT PAS DANS UNE SOCIÉTÉ D'ARGENT.

ILS ÉTAIENT PARVENUS À UN ÉQUILIBRE ENTRE CE QU'ILS VOULAIENT ET CE DONT ILS DISPOSAIENT, PARCE QU'IL Y AVAIT UNE LIMITE À LEURS DÉSIRS, BASÉ SUR LEUR COMPRÉHENSION DE LA VRAIE SIGNIFICATION DU

IMAGINONS MAINTENANT UN PAYS DE 50 MILLIONS D'HABITANTS, MAIS CET EXEMPLE DIFFÈRE DES PRÉCÉDENTS. LES GENS ONT DEUX CARACTÉRISTIQUES QUI CHANGENT TOUT :

1. ILS ONT UN APPÉTIT INSATIABLE.

2. ILS ONT INVENTÉ LES MACHINES AUTOMATIQUES TRAVAILLANT SEULES : LES "MATS".

IL FAUT À PRÉSENT UN HOMME SUR DIX SEULEMENT POUR FAIRE FONCTIONNER LES "MATS" ET RÉPARTIR LES BIENS QU'ELLES PRODUISENT.

QUE FONT DONC LES NEUF AUTRES ?

AU MOINS ILS SONT LIBRES, MAIS ILS NE LE RÉALISENT PAS ENCORE (

LES "MATS" PEUVENT ÊTRE LES ESCLAVES DE CHACUN OU N'APPARTENIR QU'À QUELQUES-UNS. C'EST DE CELA QUE DISCUTENT LA GAUCHE ET LA DROITE.

MAIS LE VRAI PROBLÈME N'EST PAS LÀ !

LE PROBLÈME, C'EST QUE LA PLANÈTE NE PEUT SUPPORTER LA CHARGE NI DE LA MASSE DE PRODUCTION, NI DE LA MASSE DE DÉCHETS QUE CETTE CONSOMMATION GÉNÈRE.

LA PLANÈTE FAIT BIEN TOUT CE QU'ELLE PEUT POUR CELA MAIS SON DOS SE BRISE SOUS LA CHARGE ET L'HOMME GAGNE LA "COURSE À LA PRODUCTION" MAIS PERD

"LA COURSE À LA SURVIE!"
VOILÀ LE PROBLÈME FONDAMENTAL!

L'HOMME EST DEVENU :

L'ENNEMI N°1 DE LA PLANÈTE,

UN MONSTRE

DEVORANT TOUT CE QU'IL Y A EN VUE...

...ET MÊME CE QUI EST HORS DE SON CHAMP DE VISION, LES ARBRES, LES ANIMAUX, LES MINÉRAUX ET L'AIR LUI-MÊME QUE NOUS RESPIRONS TOUS.

ET CE N'EST PAS TOUT : IL LAISSE SES ORDURES SUR LE PAS DE SA PORTE, OU DE CELLE DU VOISIN.

L'HOMME MODERNE N'EST QU'UNE ÉNORME MACHINE QUI TRANSFORME LES RICHESSES DE LA PLANÈTE EN DÉCHETS ET SE VAUTRE DANS LA SATISFACTION SENSUELLE DE LEUR PASSAGE. PENDANT QU'UNE AUTRE PARTIE DE LA SOCIÉTÉ, QUI N'A RIEN, FRISSONNE, MANQUE DE NOURRITURE ET MEURT.

Le problème, c'est que, grâce à **LA TECHNOLOGIE,** l'homme a acquis un

POUVOIR DIVIN,

mais qu'il n'a pas abandonné les

COMPORTEMENTS DIABOLIQUES

du passé.

Le problème fondamental est là !

IL Y A À PRÉSENT TROP DE GENS QUI S'ENTASSENT SUR NOTRE PETITE PLANÈTE ET, CE QUI EST PLUS GRAVE, LEUR APPÉTIT EST TROP GRAND POUR QU'ELLE PUISSE SURVIVRE.

TOUS ENSEMBLE, NOUS POUVONS TROUVER DE NOUVEAUX SYSTÈMES DE RÉPARTITION DES RICHESSES MAIS NOUS DEVONS À PRÉSENT RECONCEVOIR ENTIÈREMENT L'AGRICULTURE ET L'INDUSTRIE EN AYANT À L'ESPRIT NON PAS NOS SEULS BESOINS MAIS, CE QUI EST BEAUCOUP PLUS IMPORTANT, CEUX DE LA PLANÈTE, SINON, NOUS FINIRONS AVEC...

TOUT CE QU'IL FAUT POUR VIVRE, MAIS PLUS DE PLANÈTE POUR VIVRE DESSUS !

UNE POPULATION MONDIALE EN AUGMENTATION

+ UNE INSATIABLE AVIDITÉ

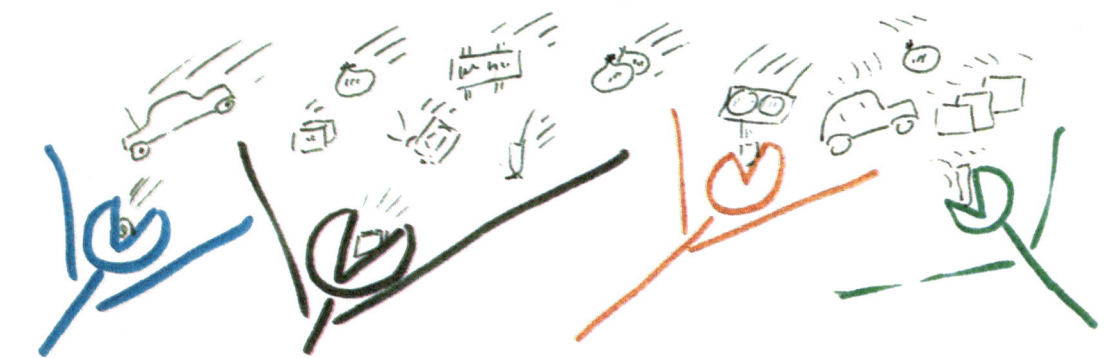

+ UNE INDIFFÉRENCE POUR LA PLANÈTE

= LA FIN DU JEU !"

"NOUS COMMENÇONS À COMPRENDRE, MONSIEUR LE CONTEUR

"QU'EST-CE-QUE L'INFLATION?"
ENCHAÎNA L'UN DES ENFANTS SUBITEMENT.

"EN GROS, C'EST QUAND LES PRIX DE TOUTES CHOSES MONTENT ET QUE LA VALEUR DE L'ARGENT BAISSE!"

"COMME UNE BALANÇOIRE," S'ÉCRIÈRENT LES ENFANTS.

"NON, PLUTÔT COMME UN BALLON. IL MONTE, IL MONTE... JUSQU'À CE QU'IL ÉCLATE.

"POUVEZ-VOUS NOUS EXPLIQUER CELA, S'IL VOUS PLAÎT?" DEMANDÈRENT LES ENFANTS.

"AVEC PLAISIR", RÉPONDIT LE CONTEUR.

"MAIS INSTALLEZ-VOUS CONFORTABLEMENT, PARCE QUE DE GROS LIVRES ONT ÉTÉ ÉCRITS LÀ-DESSUS, DE SORTE QUE CELA PRENDRA QUELQUES MINUTES POUR EXPLIQUER.

IMAGINEZ QUE VOUS VIVEZ DANS UNE FERME, À LA CAMPAGNE, TRÈS LOIN DE LA VILLE, QUE VOUS AVEZ UN VOISIN AU BOUT DU CHEMIN... ET QUE VOUS AVEZ L'HABITUDE DE VOUS ÉCHANGER DES PRODUITS...

DES OEUFS... DES LÉGUMES... DU LAIT ET TOUTES SORTES DE CHOSES.

BIEN. UN JOUR, VOUS ALLEZ CHERCHER VOTRE LAIT MAIS VOUS N'AVEZ PAS D'OEUFS À PROPOSER EN ÉCHANGE...

ALORS POUR POURSUIVRE, VOUS LUI OFFREZ À LA PLACE DU BLÉ QU'IL VOUS RENDRA PLUS TARD EN ÉCHANGE DE QUELQUES OEUFS...

MAIS IL SE PEUT
QU'UN JOUR, IL NE
VEUILLE PLUS DE
VOTRE BLÉ ET VOUS
DISE OÙ VOUS POUVEZ
VOUS LE FOURRER..."

"POURQUOI ?"

"POUR TOUTES SORTES DE RAISONS..." DIT LE CONTEUR.

- IL PEUT AVOIR PEUR QUE VOTRE GRANGE BRÛLE... ET QUE VOUS N'AYEZ PLUS RIEN À LUI DONNER EN ÉCHANGE DE SON BLÉ...

- OU SIMPLEMENT QUE VOS OEUFS SOIENT PLUS CHERS QUE CHEZ VOS VOISINS

- OU QU'ILS SOIENT MOINS FRAIS

- OU ENCORE QUE VOUS DEVENIEZ TROP GOURMAND ET QUE VOUS INONDIEZ LE MARCHÉ PAR UNE SURPRODUCTION DE VOTRE BLÉ

- OU QUE VOUS CESSIEZ DU LUI ACHETER DU LAIT...

IL PEUT SIMPLEMENT VOUS DIRE

DE GARDER VOTRE BLÉ!"

"ET ALORS?
QUE SE PASSE-T-IL?"

"EH BIEN, VOUS REVENEZ LE LENDEMAIN D'UN PAS LÉGER EN DISANT : "J'AIMERAIS UN PEU DE LAIT, S'IL VOUS PLAÎT."

ET VOTRE VOISIN VOUS REGARDE AVEC MÉPRIS ET VOUS RÉPOND :

"PAS AVEC CE BLÉ... MERCI !"

ALORS VOUS LUI OFFREZ **DEUX FOIS** PLUS DE BLÉ POUR LA MÊME QUANTITÉ DE LAIT.

"ET COMME ÇA ?" LUI DITES-VOUS AVEC UN BEAU SOURIRE.

IL PREND ALORS LE BLÉ ET SE CONTENTE DE VOUS DONNER LE LAIT, SANS PLUS."

"MAIS SI VOUS DEVEZ DONNER DEUX FOIS PLUS DE BLÉ POUR LA MÊME QUANTITÉ DE LAIT... IL A PERDU LA MOITIÉ DE SA VALEUR..." DIRENT LES ENFANTS.

"C'EST EXACT... C'EST DU BLÉ DÉVALUÉ, ET VOUS DEVEZ AVOIR UN 'SAC GÉANT' POUR PORTER TOUT VOTRE BLÉ EN FAISANT VOTRE MARCHÉ.

"SI VOUS AVEZ UNE DETTE ENVERS VOTRE VOISIN ET QUE VOUS LE REMBOURSEZ AVEC DU BLÉ QUI A PERDU LA MOITIÉ DE SA VALEUR, IL N'AIMERA PAS BEAUCOUP, N'EST-CE-PAS?"

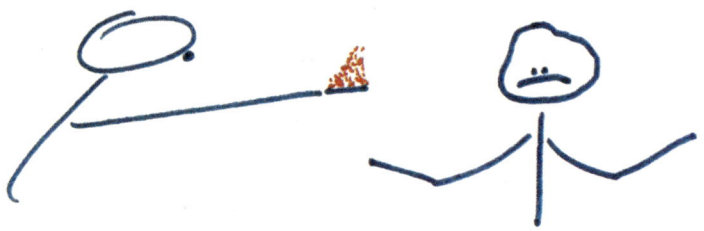

"PAS VRAIMENT... NON!
C'EST POURQUOI CHACUN SE DÉPÊCHERA
DE SE DÉBARRASSER DE VOTRE BLÉ, S'IL
PENSE QUE SA VALEUR DIMINUE, CE QUI,
EN SOI, SUFFIT À LA FAIRE DIMINUER."

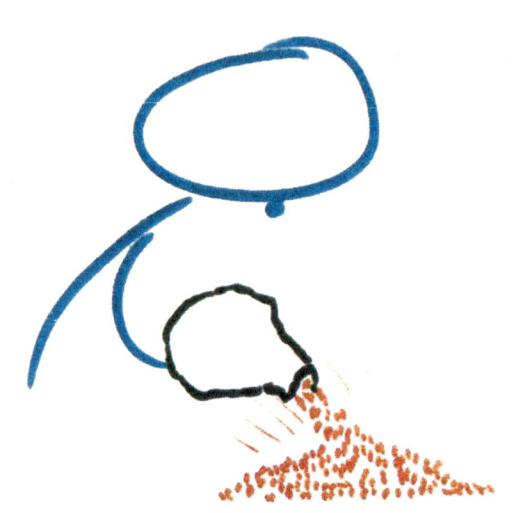

"MAIS REMBOURSER UNE DETTE AVEC DU BLÉ DÉVALUÉ, CELA REVIENT À FAIRE FAILLITE."

"EXACT,

10% DE DÉVALUATION

= 10% DE FAILLITE!"

"MAIS SI GRAND-PÈRE ET GRAND-MÈRE ONT STOCKÉ LEUR BLÉ POUR LEURS VIEUX JOURS, ILS VONT SE RETROUVER SANS ARGENT JUSTE AU MOMENT OÙ ILS EN AURONT LE PLUS BESOIN!" S'EXCLAMÈRENT LES ENFANTS.

"EXACT," DIT LE CONTEUR. "ILS SONT PUNIS POUR AVOIR SAGEMENT ÉPARGNÉ."

ON ENTEND SOUVENT PARLER À LA TÉLÉVISION DE LA...

"SPIRALE INFLATIONNISTE"

NOUS PENSIONS QUE C'ÉTAIT UN JOUET GONFLABLE POUR ENFANTS..."

"NON. C'EST UN JOUET GONFLABLE POUR ADULTES."

"ET COMMENT Y JOUENT LES GRANDES PERSONNES?"

"C'EST UN JEU AUQUEL SE LIVRENT LES TRAVAILLEURS ET LEURS DIRIGEANTS... ILS GRAVISSENT EN SE BOUSCULANT UN ÉNORME TOBOGGAN EN SPIRALE EN COURANT APRÈS LE BLÉ...

ILS JOUENT DE LA MUSIQUE... ET CHANTENT TOUS ENSEMBLE EN GRIMPANT..."

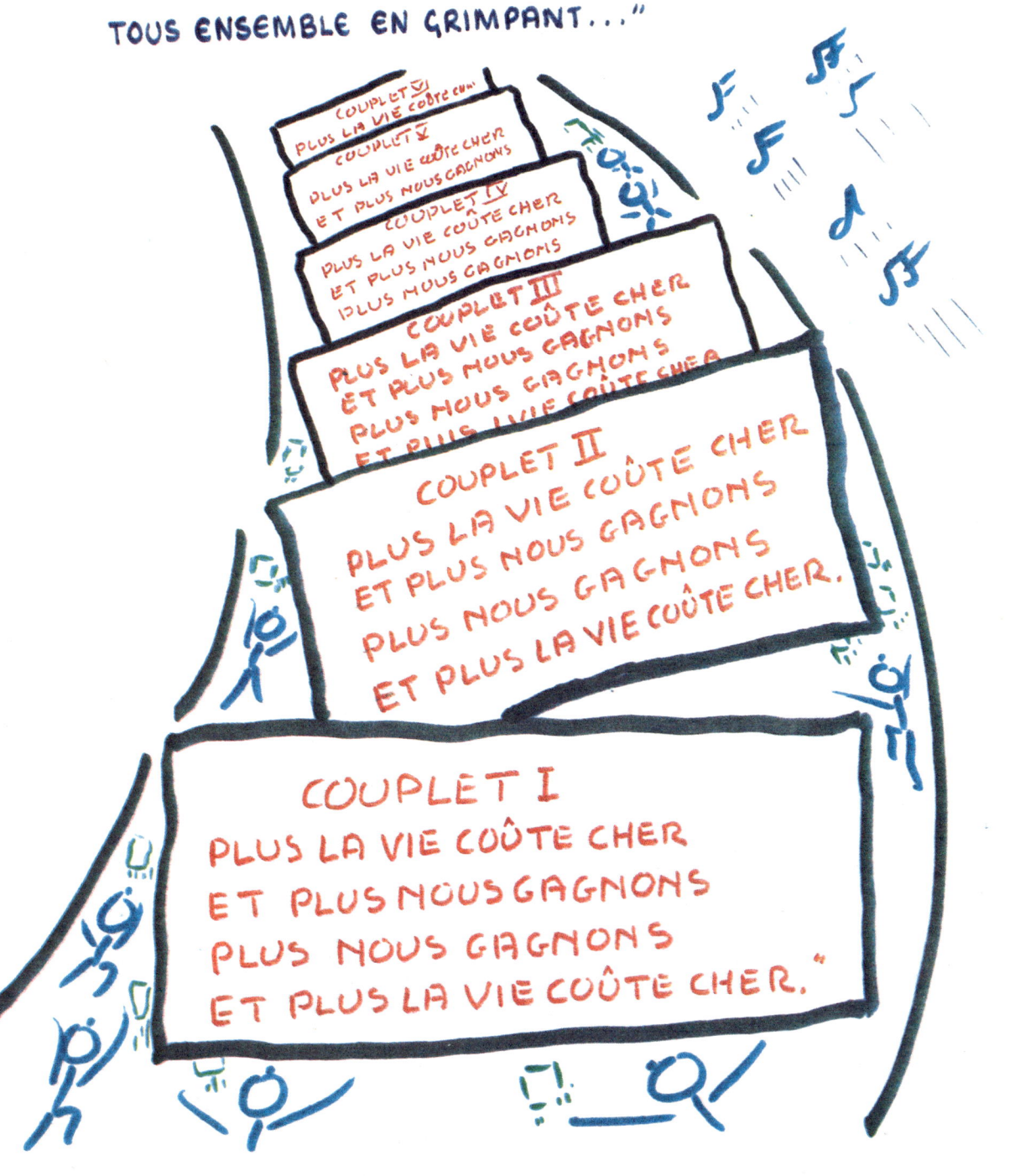

COUPLET I
PLUS LA VIE COÛTE CHER
ET PLUS NOUS GAGNONS
PLUS NOUS GAGNONS
ET PLUS LA VIE COÛTE CHER.

"MAIS QUE SE PASSE-T-IL SI LA MUSIQUE S'ARRÊTE ET QU'ILS DÉVALENT TOUS ET QUE CERTAINS ONT DES DETTES ?"

"OUI, ET ILS ONT PRESQUE TOUS DES DETTES DE NOS JOURS, CE QUI N'ÉTAIT PAS LE CAS AVANT QUE NOUS NE DEVENIONS TOUS RICHES !" DIT-IL.

"MAIS S'IL Y A INFLATION ET QUE L'ARGENT PERD DE SA VALEUR, CEUX QUI ONT DES DETTES SONT GAGNANTS ET CEUX QUI ONT DES ÉCONOMIES SONT PERDANTS !

ET POURTANT, ON NOUS A TOUJOURS ENSEIGNÉ QU'IL ÉTAIT BON DE FAIRE DES ÉCONOMIES ET MAUVAIS D'AVOIR DES DETTES !

"OUI, MAIS CELA, C'ÉTAIT AVANT QUE LES HOMMES POLITIQUES ET LES ÉCONOMISTES RÉUSSISSENT, AVEC NOTRE AIDE À TOUS, À METTRE LE MONDE À L'ENVERS !"

"QU'EST-CE-QUE LA...

DETTE NATIONALE?

ON ENTEND BEAUCOUP DE GENS EN PARLER CES TEMPS-CI," DIRENT LES ENFANTS.

"OH... C'EST UN JEU VRAIMENT TRÈS DRÔLE AUQUEL LES GOUVERNEMENTS JOUENT AVEC LEUR PEUPLE.

- D'ABORD ILS IMPRIMENT BEAUCOUP D'ARGENT POUR COMMENCER LA PARTIE. MAINTENANT, D'AILLEURS ILS N'ONT MÊME PLUS BESOIN D'EN IMPRIMER. ILS N'ONT PLUS QU'À POSER DE TOUT PETITS POINTS MAGNÉTIQUES SUR DES BANDES ET DES DISQUES MAGIQUES.
- PUIS ILS S'ARRANGENT POUR RÉEMPRUNTER L'ARGENT ET JOUENT AVEC DES SOMMES TELLEMENT ÉNORMES QUE NON SEULEMENT ILS NE PEUVENT PLUS COMPTER LEUR ARGENT...

MAIS QUE C'EST MÊME DIFFICILE DE COMPTER LE NOMBRE DE

ZÉROS!

ET CE QU'IL Y A DE PLUS DRÔLE, C'EST QUE CE NE SONT PAS SEULEMENT LES GOUVERNEMENTS QUI JOUENT À CE PETIT JEU, MAIS ILS INVITENT CE QU'ILS APPELLENT "DES FONDS" À LES REJOINDRE EN SORTE QUE LE PEUPLE NE PEUT PLUS DÉNONCER LEUR BLUFF PARCE QUE TOUT LE MONDE EST IMPLIQUÉ.

ET, PIRE ENCORE, LES GOUVERNEMENTS JOUENT ENTRE EUX À LA DETTE NATIONALE."

"EST-CE QUE LES GOUVERNEMENTS REMBOURSENT JAMAIS LEURS DETTES?

"OH NON ! CE N'EST PAS DANS LES RÈGLES DU JEU. LE PLUS SOUVENT ILS REMBOURSENT SEULEMENT CE QU'ILS APPELLENT

LES INTÉRÊTS"

"VOILÀ QUI SEMBLE TRÈS INTÉRESSANT. POUVEZ-VOUS NOUS EXPLIQUER CE QU'EST L'INTÉRÊT ?"

"C'EST CE AVEC QUOI ON JOUE.

ON REND ENVIRON 10% DE LA SOMME INITIALE QUE L'ON A EMPRUNTÉE, PARFOIS PLUS, PARFOIS MOINS, MAIS JAMAIS LE TOUT.

C'EST LA RÈGLE DU JEU.

SI TOUT LE MONDE MONTAIT JUSQU'AU GOUVERNEMENT ET DISAIT "REMBOURSEZ-NOUS S'IL VOUS PLAÎT, LE GOUVERNEMENT FERAIT FAILLITE ET CELA RUINERAIT L'INTÉRÊT DE LA PARTIE !

"QUE SIGNIFIE **FAILLITE**, MONSIEUR LE CONTEUR?"

"EH BIEN, LORSQUE VOUS CHERCHEZ À L'INTÉRIEUR DE LA BANQUE L'ARGENT DE CHACUN, VOUS CONSTATEZ QU'EN RÉALITÉ IL N'Y EST PAS!"

"MAIS S'IL S'AGIT D'UNE...

DETTE NATIONALE?"

"LES GOUVERNEMENTS FONT FAILLITE PAR TRANCHES SUCCESSIVES. ILS APPELLENT CELA LA...

DÉVALUATION."

"MAIS LE PEUPLE NE SE PLAINT-IL PAS?"

"OH NON! SI SON ARGENT NE VAUT PLUS GRAND-CHOSE, SES PRODUITS DEVIENNENT TRÈS BON MARCHÉ POUR LES ÉTRANGERS.

AINSI LES AFFAIRES REPRENNENT ET CE SONT LES AUTRES PAYS QUI SE PLAIGNENT CAR ILS NE PEUVENT PLUS VENDRE LEURS PRODUITS EN RETOUR.

CELA FAIT PARTIE D'UN AUTRE JEU AUQUEL LES PAYS JOUENT ENTRE EUX QUE L'ON APPELLE

LA BALANCE DES PAIEMENTS."

"OH, CELA PARAÎT TELLEMENT COMPLIQUÉ!" DIRENT LES ENFANTS.

"VOUS N'AVEZ POURTANT VU QUE LA POINTE DE L'ICEBERG..." RETORQUA LE CONTEUR.

"C'EST EN FAIT SI COMPLIQUÉ QUE MÊME LES EXPERTS DISCUTENT DEPUIS TOUJOURS ENTRE EUX DE CE QUI SE PASSE VRAIMENT.

LA VÉRITÉ EST QUE PERSONNE NE LE SAIT VRAIMENT!"

"UNE DES RÈGLES SACRÉES DU JEU CONSISTE EN EFFET À NE PAS DÉVOILER AUX PETITES GENS QUE LES CHEFS NE SAVENT PAS VRAIMENT CE QUI SE PASSE.

CELA S'APPELLE

"MAINTENIR LA CONFIANCE DANS LA POLITIQUE ÉCONOMIQUE DU GOUVERNEMENT."

MAIS, DE NOS JOURS, C'EST AINSI QUE LE PEUPLE EST DE PLUS EN PLUS EFFRAYÉ ET IL FAUT DE MOINS EN MOINS POUR QU'IL COURE SE PROTÉGER. AUTREFOIS, LES GENS CROYAIENT QUE LE GOUVERNEMENT COMPRENAIT VRAIMENT CE QUI SE PASSAIT.

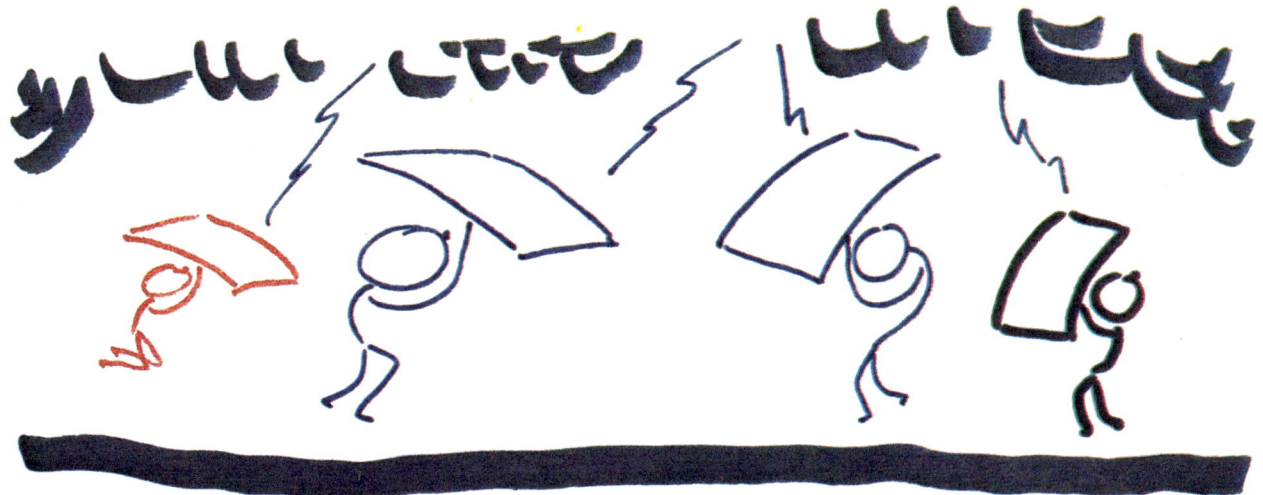

MAIS MAINTENANT ILS SAVENT QUE PERSONNE NE SAIT. C'EST CE QUE LES EXPERTS APPELLENT :

"UN MARCHÉ SOPHISTIQUÉ."

"NOUS NOUS Y PERDONS!" DIRENT LES ENFANTS.

"NE VOUS INQUIÉTEZ PAS," DIT LE CONTEUR.

"CELA MONTRE QUE VOUS COMMENCEZ À COMPRENDRE LA NATURE DES CHOSES.

SAVOIR QUE L'ON NE VOIT PAS CLAIR... S'APPELLE À PRÉSENT ÊTRE ÉCLAIRÉ!"

Chapitre 6.

Les Impôts, c'est quoi

"Monsieur le conteur, pourriez-vous avoir l'amabilité de nous dire pourquoi les gens jouent aux impôts?

Ce jeu semble rendre tant de braves gens si malheureux que nous nous demandons pourquoi ils y jouent," demandèrent les enfants.

"Et bien," dit le conteur. "C'est une sorte de jeu de poker insensé. Tout le monde y joue bien que tout le monde le déteste. Je vais vous expliquer. Le percepteur peut tricher comme il veut mais s'il vous prend à en faire autant, vous allez au devant de graves ennuis!"

"Nous ne sommes pas sûrs de vouloir jouer à ce jeu lorsque nous serons grands," dirent les enfants.
"Vous y serez obligés!" répondit le conteur.

"COMMENT CELA SE PASSE-T-IL?"
- "D'ABORD LE FACTEUR VOUS APPORTE UNE INVITATION À JOUER.

- UNE FOIS QUE VOUS AVEZ ÉTÉ INVITÉ À JOUER, VOUS DEVEZ JOUER. C'EST LA RÈGLE.

- IL N'Y A QUE VOUS QUI MISEZ DE L'ARGENT. VOTRE PARTENAIRE NE LE FAIT JAMAIS. IL ÉTABLIT SEULEMENT LES RÈGLES.

- BIEN SÛR, VOUS N'ÊTES JAMAIS AUTORISÉ À VOIR LE JEU DE VOTRE PARTENAIRE, MAIS LUI EST AUTORISÉ À VOIR LE VÔTRE PENDANT TOUTE LA PARTIE,

ET IL LE FAIT!

- S'IL PENSE QU'IL NE VA PAS GAGNER, IL A LE DROIT DE CHANGER LES RÈGLES, MÊME EN COURS DE PARTIE.

DANS LE VRAI JEU, LE GOUVERNEMENT
- FAIT LES LOIS
- EMPLOIE DES HORDES D'INSPECTEURS
- A DES MILLIERS D'ORDINATEURS
- SE PROCURE TOUS LES RENSEIGNEMENTS
- PREND LES DÉCISIONS
- ET DÉPENSE D'ÉNORMES SOMMES D'ARGENT..."

"ATTENDEZ UNE MINUTE... D'OÙ VIENT L'ARGENT POUR FINANCER TOUT CECI?"

"DE VOUS!
VOUS PAYEZ POUR TOUT CELA
PLUS D'IMPÔTS!

"MAIS QUI ENCAISSE TOUT CET ARGENT ET QU'EN FAIT-ON ENSUITE?"

"C'EST LÀ QUE LES BUREAUCRATES ENTRENT EN SCÈNE."

"MAIS QU'EST-CE DONC QU'UN BUREAUCRATE?"

"C'EST UN HOMME... OU UNE FEMME... QUI PASSE SA VIE DANS UN BUREAU, DISSIMULÉ DERRIÈRE DES PILES ET DES PILES DE DOSSIERS."

"ET QUE SE PASSE-T-IL LORSQUE VOUS Y ENTREZ ?"

"EH BIEN, D'ABORD, VOUS N'ENTREZ PAS... VOUS ATTENDEZ DEHORS... PUIS, LORSQUE VOUS FINISSEZ PAR ENTRER, IL LÈVE LE NEZ DE SES PILES DE PAPIERS... ET DIT QUELQUE CHOSE.

UNE FOIS QUE VOUS ÊTES RESSORTI, VOUS VOUS DEMANDEZ CE QU'IL OU ELLE A BIEN PU VOUS DIRE !"

"CE N'EST-IL PAS TRÈS FATIGANT?
DE FAIRE CELA TOUTE LA JOURNÉE?"

"OH SI... C'EST POUR CELA QU'IL
NE RESTE PAS UNE MINUTE DE PLUS
À LA FIN DE LA JOURNÉE...

ET PREND BEAUCOUP DE VACANCES!"

"AH! D'ACCORD!" DIRENT LES ENFANTS.

" MAIS," DEMANDÈRENT LES ENFANTS, "L'ARGENT QUE LES GENS DONNENT À L'ÉTAT NE SERT-IL PAS AUSSI À DONNER AUX PLUS PAUVRES?"

"OUI, BIEN SÛR," DIT LE CONTEUR, CE SERAIT UTILE SI CET ARGENT ÉTAIT EFFECTIVEMENT **REDISTRIBUÉ À CEUX QUI N'ONT VRAIMENT PLUS RIEN**, OU PAS ASSEZ POUR VIVRE DIGNEMENT. C'ÉTAIT D'AILLEURS UNE DES JUSTIFICATIONS PRINCIPALES DES IMPÔTS, ET LES GENS Y CROYAIENT. MAIS, DANS LA RÉALITÉ, TRÈS SOUVENT **CETTE AIDE N'ARRIVE PAS AUX PAUVRES !**

"MAIS C'EST DU VOL!"

C'EST SCANDALEUX!" S'EXCLAMÈRENT LES ENFANTS.

"C'EST DU VOL, OUI! OU PLUS PRÉCISEMENT, SI L'ÉTAT ÉTAIT UN INDIVIDU, IL MÉRITERAIT D'ÊTRE CONDAMNÉ POUR ABUS DE CONFIANCE ET DÉTOURNEMENTS DE FONDS! SEULEMENT, VOILÀ: L'ÉTAT N'EST PAS UN INDIVIDU, CE SONT DES MILLIERS ET DES MILLIERS D'INDIVIDUS, CE QUI FAIT QU'IL N'Y A JAMAIS AUCUN RESPONSABLE.

VOILÀ CE QUI SE PASSE: LES RÈGLES ET LA PAPERASSERIE QUI SONT MAINTENANT NÉCESSAIRES POUR DÉCLARER QUE QUELQU'UN EST PAUVRE AU POINT DE DEVOIR ÊTRE AIDÉ SONT TELLEMENT COMPLEXES ET OBSCURES QUE CEUX QUI SONT VRAIMENT DANS LA DÉTRESSE SONT OUBLIÉS ET NE SONT JAMAIS AIDÉS! POUR L'ADMINISTRATION, QUI NE VOIT QUE CEUX SUR QUI ELLE A PU METTRE UNE ÉTIQUETTE,

ILS N'EXISTENT PAS!

ET POURTANT,

ILS SONT DES MILLIERS!

"MAIS ALORS, POURQUOI LES GENS NE DONNENT-ILS PAS DIRECTEMENT CE QU'ILS PEUVENT À CEUX QUI SOUFFRENT ?" DEMANDÈRENT LES ENFANTS.

"ILS LE FONT DE PLUS EN PLUS ! ILS SE RENDENT BIEN COMPTE QUE QUELQUE CHOSE NE VA PAS DANS CE SYSTÈME, ET PARTOUT DANS LE MONDE, ILS S'ASSOCIENT POUR PARER AU PLUS URGENT... MAIS IMAGINEZ TOUT CE QU'ILS POURRAIENT FAIRE CONTRE LA MISÈRE S'ILS N'AVAIENT PAS À DONNER TANT À L'ADMINISTRATION. LES GENS ONT DU CŒUR, C'EST SÛR QU'ILS FERAIENT 100 FOIS PLUS, ET SURTOUT DE FAÇON 100 FOIS PLUS EFFICACE !"

Le jeu s'est à présent raffiné en une forme de
GUERRE PSYCHOLOGIQUE.
Vous êtes comme une GRENOUILLE, épinglée sur une table de dissection, radiographiée, piquée, disséquée, détaillée et, à la fin, on vous remet dans la mare pour vous observer en action(")

"MAIS C'EST MONSTRUEUX!"
    s'exclamèrent les enfants.
"OUI, BIEN SÛR, CAR CELA TUE TOUTE INITIATIVE ET CRÉE DE L'INIMITIÉ LÀ OÙ IL NE DEVRAIT Y AVOIR QU'AMITIÉ SINCÈRE ET COOPÉRATION.

CELA ÉLOIGNE LES GENS DE LEUR PROPRE GOUVERNEMENT.

SOUS LA PRESSION DES BUREAUCRATES, **LE MONSTRE** EST DEVENU FÉROCE À LA FOIS PAR :
- LES SOMMES ÉNORMES QU'IL PRÉLÈVE, ET
- LES TECHNIQUES QU'IL UTILISE POUR LES PRÉLEVER.

IL NE SE CONTENTE PLUS DE 5% COMME DANS LE PASSÉ.

PAR DES MOYENS DÉTOURNÉS, ET SANS QUE LE PEUPLE COMPRENNE VRAIMENT CE QUI SE PASSE, IL PARVIENT À RAFLER LA QUASI-TOTALITÉ DE CE QUE LES GENS GAGNENT EN TRAVAILLANT.

POUR COMMENCER, ET SELON LES PAYS, IL PRÉLÈVE 10% À 12% POUR LA <u>SÉCURITÉ SOCIALE</u>. "C'EST NORMAL," DIREZ-VOUS. "CELA SIGNIFIE SIMPLEMENT QUE NOUS TRAVAILLONS LES UNS POUR LES AUTRES EN JANVIER ET QUELQUES JOURS EN FÉVRIER. C'EST CORRECT.

OUI, MAIS C'EST APRÈS CELA QUE LE
JEU DES IMPÔTS DEVIENT VRAIMENT SÉRIEUX!

LA TRANCHE SUIVANTE QU'IL DÉCOUPE EST L'IMPÔT SUR LE REVENU, QUI PEUT VARIER DE 0% À 50%, DISONS EN MOYENNE 25%, CE QUI REPRÉSENTE TROIS MOIS DE TRAVAIL; CELA NOUS AMÈNE À LA FIN DU MOIS DE FÉVRIER, EN MARS, AVRIL ET MÊME AU-DELÀ.

PUIS VIENT LA TAXE SUR LA VALEUR AJOUTÉE, QUI EST BIEN SÛR EN RÉALITÉ LA "TAXE SUR LA VALEUR RETRANCHÉE." ELLE "PREND EN CHARGE" 18% ENVIRON, QUI NOUS ARRACHENT DEUX MOIS SUPPLÉMENTAIRES, OU PLUS,

ET NOUS EMMÈNENT EN MAI, JUIN ET AU-DELÀ.

ENSUITE, IL Y A LES IMPÔTS SUR LES VOITURES, D'ÉNORMES TAXES SUR L'ESSENCE, SUR LES CIGARETTES, L'ALCOOL. LÀ, LE GOUVERNEMENT NOUS DIT QUE CES IMPÔTS SONT BONS PARCE QUE LA CIGARETTE ET L'ALCOOL NUISENT À NOTRE SANTÉ ET QU'IL NOUS AIDE EN LES FRAPPANT DE LOURDES TAXES.

CELA NOUS AMÈNE EN JUILLET ET NOUS N'AVONS TOUJOURS PAS COMMENCÉ À TRAVAILLER POUR NOUS ET NOS FAMILLES.

BIEN ÉVIDEMMENT, TOUT CE QUE NOUS ACHETONS EST SOUMIS À LA SÉRIE DE TAXES INCLUSES DANS DANS LE PRIX DE VENTE, SINON LE PRODUCTEUR FERAIT FAILLITE. NE PARLONS PAS DES TAXES SUR NOS MAISONS, SUR CECI, SUR CELA... JUSQU'À CE QUE FINALEMENT VOUS SOYEZ FATIGUÉ D'ESSAYER DE TENIR LE CAP, SI TANT EST QUE VOUS AYEZ JAMAIS ESSAYÉ.

FINALEMENT, VOUS ABANDONNEZ VOTRE VIE AU

PERCEPTEUR

ET IL A GAGNÉ !

...MAIS ATTENDEZ !
LE PIRE EST ENCORE À VENIR.

À LA FIN DE LA PARTIE, AU MOMENT DE VOTRE

MORT

LORSQUE VOUS N'ÊTES PLUS LÀ POUR VOUS DÉFENDRE. LE PERCEPTEUR VOUS POURSUIT JUSQUE DANS LA TOMBE ET SAISIT UNE GRANDE PARTIE DE CE QUE VOUS LAISSEZ À VOS ENFANTS...

...AVANT MÊME QUE QUICONQUE AIT EU LE TEMPS DE RÉALISER CE QUI SE PASSAIT."

"ALORS, IL PAYE AU MOINS UNE PARTIE DES FRAIS D'OBSÈQUES ? DIRENT LES ENFANTS.

"VOUS PLAISANTEZ ! IL PREND L'ARGENT ET DISPARAÎT EN ABANDONNANT LES ENFANTS À LEUR CHAGRIN ET À LEURS PROBLÈMES FINANCIERS !"

"MAIS ON NOUS A TOUJOURS DIT QUE, POUR QU'UNE ÉCONOMIE FONCTIONNE BIEN, IL FALLAIT UNE

FORTE INCITATION À LA RÉUSSITE !"

"SOTTISES !" DIT LE CONTEUR. "LA PREUVE EN EST QUE CEUX QUI RÉUSSISSENT VRAIMENT SONT PUNIS PAR DE TRÈS LOURDS IMPÔTS SUPPLÉMENTAIRES ET CEUX QUI N'ESSAYENT MÊME PAS SONT RECOMPENSÉS PAR LES PRIMES DU GOUVERNEMENT !"
"ET ÇA FONCTIONNE BIEN ?"
"NON !"
"NOUS N'Y COMPRENONS RIEN !"

"MAIS LES IMPÔTS DOIVENT CONSTITUER UN MOYEN COMMODE D'AMENER LES GENS À FAIRE CE QUE VEULENT LES DIRIGEANTS.

"NON. PAS DU TOUT..." RÉPONDIT LE CONTEUR.

"OH," DIT UN DES ENFANTS..."JE SUPPOSE QUE CEUX QUI AIDENT LEURS SEMBLABLES ET SERVENT BIEN LEUR PAYS NE DOIVENT PAS PAYER GRAND'CHOSE TANDIS QUE CEUX QUI NE SE RENDENT PAS UTILES DOIVENT PAYER BEAUCOUP.

"NON, LES ENFANTS, C'EST EXACTEMENT LE CONTRAIRE. CEUX QUI TÈTENT TRANQUILLEMENT, OU N'ONT PAS D'AUTRE POSSIBILITÉ... QUE PRENDRE LE SEIN DE L'ÉTAT...

... N'ONT PAS GRAND'CHOSE À PAYER ...

... MAIS CEUX QUI FONT TOURNER LE PAYS ... SONT SOUMIS À UNE SURVEILLANCE CONSTANTE ET DOIVENT PAYER BEAUCOUP."

"QUE VOULEZ-VOUS DIRE PAR "SURVEILLANCE," MONSIEUR LE CONTEUR ? COMME DANS LES FILMS D'ESPIONNAGE ?"

"C'EST À PEU PRÈS LA MÊME CHOSE, SAUF QUE DANS LES FILMS, ON ESPIONNE EN GÉNÉRAL **L'ENNEMI** ALORS QUE, DANS NOTRE CAS, ON ESPIONNE SES PROPRES COMPATRIOTES!

LES GOUVERNEMENTS, PAR PEUR D'ÊTRE DÉPOSSÉDÉS DE CE QUI AU DÉPART NE LEUR APPARTENAIT PAS ET QU'ILS ONT USURPÉ, NE S'ARRÊTENT DEVANT RIEN POUR DOMINER ET CONTRÔLER LE PEUPLE.

L'IDÉE FONDAMENTALE DU DROIT À LA VIE PRIVÉE DES CITOYENS A ÉTÉ BALAYÉE PAR L'INVASION DES ORDINATEURS. LE DROIT D'AVOIR UNE VIE PRIVÉE APPARTIENT DÉSORMAIS AU PASSÉ, ET, DE PLUS EST PRÉSUMÉ MASQUER UNE FRAUDE!

CHACUN DE NOUS VIT
DANS UN BOCAL
TRANSPARENT ET SI
QUELQU'UN OSE SE PLAINDRE,
TOUS S'ÉLANCENT SUR
LUI EN CRIANT...

AUTREFOIS, IL N'Y A D'AILLEURS PAS SI LONGTEMPS, LA CELLULE FAMILIALE ÉTAIT SACRÉE.

QUI PLUS EST, C'ÉTAIT UNE CELLULE SOCIALE ET ÉCONOMIQUE À PART ENTIÈRE.

GRAND-MÈRE ET GRAND-PÈRE ASSURAIENT LA BONNE MARCHE DE LA MAISON; LA SOUPE ÉTAIT PRÊTE LORSQUE PAPA, ET SOUVENT MAMAN, RENTRAIENT AU FOYER; ET LES JEUNES ENFANTS VENAIENT JOUER PRÈS D'EUX...

ET CHACUN RIAIT...

PLEURAIT...

AIMAIT...

DISCUTAIT "EN FAMILLE".

MAIS INGÉRENCE DE L'ÉTAT A FAIT EXPLOSER LA FAMILLE.

L'ÉTAT A DÉSORMAIS PRIS LA PLACE DE LA FAMILLE

GRAND-PÈRE ET GRAND-MÈRE ONT ÉTÉ MIS DANS UNE MAISON DE RETRAITE.

PRIVÉS DES ENFANTS QUI PRÉSERVENT LEUR JEUNESSE, ILS SOMBRENT DANS LA VIEILLESSE ENTRE EUX.

ET CEUX QUI S'OCCUPENT D'EUX, SOIT AUX FRAIS DE PAPA ET MAMAN, SOIT PLUS SOUVENT, AUX FRAIS DE L'ÉTAT, ONT TOUS :

- LEUR VOITURE
- LEUR RADIO
- LEUR TÉLÉVISION
- LEUR RÉFRIGÉRATEUR
- ET LEURS VACANCES

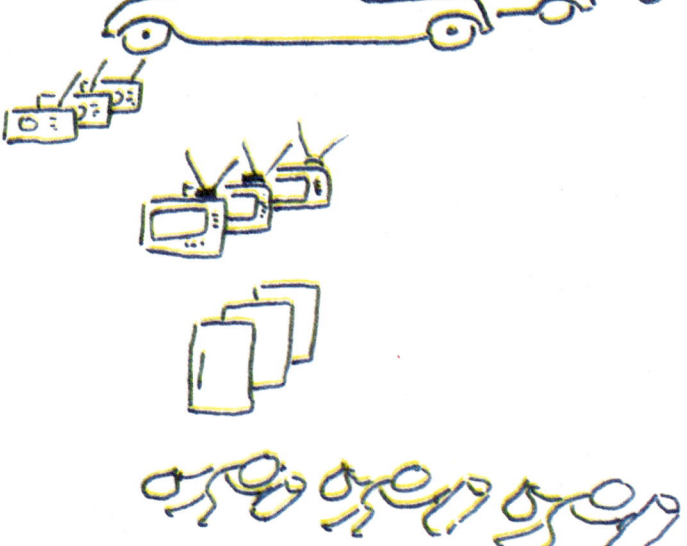

... A PAYER.

DANS LE MÊME TEMPS, À L'AUTRE BOUT DE LA CHAÎNE...

...LES ENFANTS VONT TOUS LES MATINS À L'ÉCOLE MATERNELLE POUR... QU'ON

LES NOURRISSE

JOUE AVEC EUX

LES ARROSE

LES SÈCHE

ET CEUX QUI S'OCCUPENT D'EUX,
SOIT AUX FRAIS DE PAPA ET DE MAMAN,
SOIT, LE PLUS SOUVENT, AUX FRAIS DE L'ÉTAT,
ONT TOUS :

- LEUR VOITURE

- LEUR RADIO

- LEUR TÉLÉVISEUR

- LEUR RÉFRIGÉRATEUR

- ET LEURS VACANCES

... À PAYER.

ET AU MILIEU DE TOUT CELA SE TROUVENT MAMAN ET PAPA FINANÇANT PLUS DE :

- VOITURES
- RADIOS
- TÉLÉVISEURS
- RÉFRIGÉRATEURS
- VACANCES

QU'ILS N'EN ONT JAMAIS RÊVÉ !

"POURQUOI TOUT EST-IL DEVENU SI COMPLIQUÉ?" DEMANDA L'UN DES ENFANTS.

"EN VÉRITÉ, C'EST TRÈS SIMPLE" RÉPONDIT LE CONTEUR. "AUTREFOIS L'HOMME VIVAIT DANS UN ENVIRONNEMENT ACCUEILLANT, NOURRITURE, COMBUSTIBLE ET PLANTES MÉDICINALES EXISTAIENT EN QUANTITÉ SUFFISANTE, PUIS L'INDUSTRIE EST ARRIVÉE, EMPRISONNANT NOURRITURE, COMBUSTIBLE ET PLANTES MÉDICINALES DANS UN FILET ÉCONOMIQUE. AU LIEU DE RÉCOLTER SA NOURRITURE, L'HOMME A TRAVAILLÉ, RÉCOLTANT DE L'ARGENT, ET AVEC CET ARGENT IL A ACHETÉ SA NOURRITURE, SON COMBUSTIBLE ET SES MÉDICAMENTS.

MAIS MAINTENANT QUE LES MACHINES ONT HÉRITÉ DU TRAVAIL DE L'HOMME ET PUISQUE SON ENVIRONNEMENT, DEVENU EN GRANDE PARTIE DU BÉTON, EST DEVENU HOSTILE, L'HOMME EST COINCÉ.

POUR LA PREMIÈRE FOIS, UNE DEMANDE EST FAITE AU SYSTÈME INDUSTRIEL/ÉCONOMIQUE DE "FAIRE POUSSER L'ARGENT SUR LES ARBRES" AFIN QUE L'ENVIRONNEMENT PUISSE REDEVENIR ACCUEILLANT. SANS CELA L'HOMME MEURT, POURTANT LE DROIT DE L'HOMME LE PLUS IMPORTANT EST LE DROIT DE CONSERVER SA VIE.

TOUT CECI, EN EFFET, N'EST QU'UNE ÉTAPE DANS LE PROCESSUS NATUREL D'ÉVOLUTION. D'ABORD ON RÉCOLTE NOURRITURE, COMBUSTIBLE ET PLANTES MÉDICINALES, PUIS ON TRAVAILLE POUR RÉCOLTER DE L'ARGENT POUR POUVOIR ACHETER NOURRITURE, COMBUSTIBLE ET MÉDICAMENTS, ET ENFIN ON RÉCOLTE SIMPLEMENT DE L'ARGENT D'UNE MANIÈRE DIRECTE, SANS PASSER PAR L'ÉTAPE INTERMÉDIAIRE DU TRAVAIL, **MAIS** CECI NÉCESSITE UN SYSTÈME ÉCONOMIQUE TOUT À FAIT NOUVEAU QUI N'A PAS ENCORE ÉTÉ CONÇU, ET QUI CERTAINEMENT EST LOIN D'ÊTRE MIS EN PRATIQUE."

"ET BIEN, IL Y A UNE CHOSE QUE NOUS NE COMPRENONS ABSOLUMENT PAS!"

S'ÉCRIÈRENT LES ENFANTS.

"POURQUOI TANT DE RESSOURCES DE LA PLANÈTE SONT-ELLES UTILISÉES À AUGMENTER NOTRE

CAPACITÉ À LA DÉTRUIRE

ALORS QU'ELLE EST TELLEMENT BELLE?"

"C'EST UN PETIT JEU," DIT LE CONTEUR, "AUQUEL LES HOMMES POLITIQUES JOUENT AVEC L'AIDE DES MILITAIRES, ET DES FABRICANTS D'ARMES.

MAIS C'EST LE CONTRIBUABLE QUI FINANCE TOUT CE JEU MORBIDE!

"NOUS SOMMES FIERS..."
DISENT-ILS,
"D'AVOIR SU CONSTRUIRE
DES ARMES SI **TERRIFIANTES**
QUE PERSONNE N'OSE LES
UTILISER!

C'EST DE CETTE FAÇON
QUE NOUS AVONS PU
CONSERVER LA PAIX
DANS LE MONDE
PENDANT TOUTES CES
ANNÉES!

REMERCIEZ-NOUS!"

ET, DANS LE MÊME SOUFFLE, ILS NOUS DÉCLARENT...

"MAIS TOUT LE MONDE DOIT, BIEN ENTENDU, ÊTRE CONVAINCU QUE NOUS LES UTILISERIONS.

SINON, NOUS AURONS PERDU NOTRE CREDIBILITÉ, ET VOUS NE VOUDRIEZ PAS QUE NOUS TOMBIONS EN PANNE DE CREDIBILITÉ, PAS VRAI?

ALORS ON APPLAUDIT ENCORE

S'IL VOUS PLAÎT!"

"MAIS CECI EST UN DISCOURS DÉMENT!" DIRENT LES ENFANTS.
"IL DOIT BIEN Y AVOIR D'AUTRES RAISONS POUR QUE TANT D'ARMES SOIENT CONSTRUITES PARTOUT DANS LE MONDE. IL DOIT SIMPLEMENT Y AVOIR..."

"OUI..." DIT LE CONTEUR..."C'EST SIMPLEMENT..."

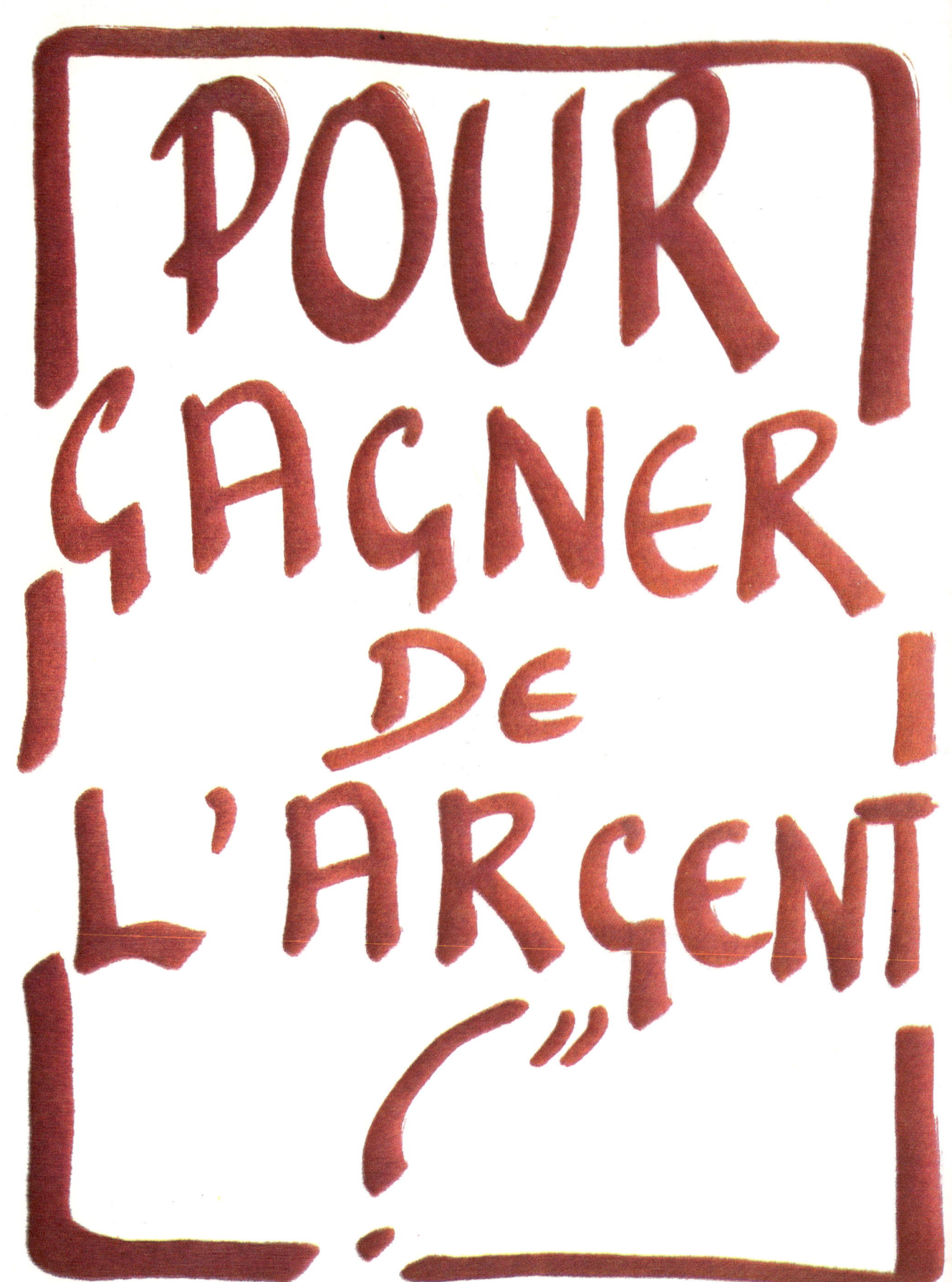

"CE N'EST PAS POSSIBLE!"

S'ÉCRIÈRENT LES ENFANTS D'UNE SEULE VOIX!

"MAIS SI. LES SOIT DISANT GRANDS GOUVERNEMENTS ONT D'IMPORTANTS MINISTÈRES QUI NE BRASSENT QUE LA MORT. C'EST LEUR PAIN QUOTIDIEN.

"MAIS QU'EN EST-IL DE TOUS CES ENFANTS QUI SONT TUÉS PAR LES ARMES? N'Y PENSENT-ILS JAMAIS?

LES HOMMES ET LES FEMMES QUI BRASSENT DES AFFAIRES D'ARMES ONT-ILS EUX-MÊMES DES ENFANTS?"

"MAIS BIEN SÛR!"

"ET LES HOMMES ET LES FEMMES QUI FABRIQUENT CES ARMES, ONT-ILS DES ENFANTS EUX AUSSI?"

"MAIS OUI!"

" ALORS POURQUOI FONT-ILS CELA?
POURQUOI NE DISENT-ILS PAS

NOUS NE LE FERONS PAS!

"TOUT SIMPLEMENT...

POUR GAGNER DE L'ARGENT ?"

"MAIS SI LES DIRIGEANTS SONT TOUS FAVORABLES À LA COURSE AUX ARMEMENTS, ILS DOIVENT ÊTRE DES GENS TRÈS CRUELS," DIT L'UN DES ENFANTS.

"CERTAINS LE SONT, C'EST VRAI, MAIS PAS NÉCESSAIREMENT. SOUVENT LEURS ESPRITS SONT TOUT SIMPLEMENT PRISONNIERS DE LA MACHINE MILITAIRE QUI LES ENTOURE. ILS SONT COMME DES HOMMES PERDUS DANS LA JUNGLE :

ILS NE PARVIENNENT PAS À PRENDRE ASSEZ DE RECUL POUR VOIR OÙ ILS SONT ET OÙ ILS VONT.

ET POUR AGGRAVER LE TOUT, LES GOUVERNEMENTS ONT ENCOURAGÉ LES GENS À CROIRE QUE LES INDUSTRIES MEURTRIÈRES CRÉAIENT DES EMPLOIS ALORS QUE TOUTES LES ÉTUDES MONTRENT QU'ELLES N'EMPLOIENT QUE TRÈS PEU DE MONDE ET QUE, POUR LA MÊME SOMME D'ARGENT, DES ACTIVITÉS **PACIFIQUES** EN EMPLOIENT BEAUCOUP PLUS. SI LES DIRIGEANTS FAISAIENT PREUVE DE SAGESSE, D'HUMANITÉ ET FAISAIENT ABSTRACTION DE LEUR EGO, NOUS POURRIONS TOUS PROFITER D'UN MONDE EN PAIX !"

"MAIS LES BRAVES GENS PEUVENT-ILS CHOISIR D'AFFECTER LEUR ARGENT À DE BONS PROJETS UTILES POUR LA PLANÈTE, AU LIEU DE LA METTRE EN GRAND DANGER?"

"NON, S'ILS TENTENT DE FAIRE CELA, ILS SONT FRAPPÉS D'UNE AMENDE, ET DONC PAIENT ENCORE PLUS."

"DONC, TOUT LE MONDE EST FORCÉ DE FINANCER CES ACTIVITÉS MEURTRIÈRES, D'ACCORD OU PAS!"

"OUI, C'EST CELA!"

"MAIS LES GENS NE SE PLAIGNENT-ILS PAS?"
"SI! PRESQUE TOUS, TOUT LE TEMPS!"

CHAPITRE 7.

QUE FAIRE

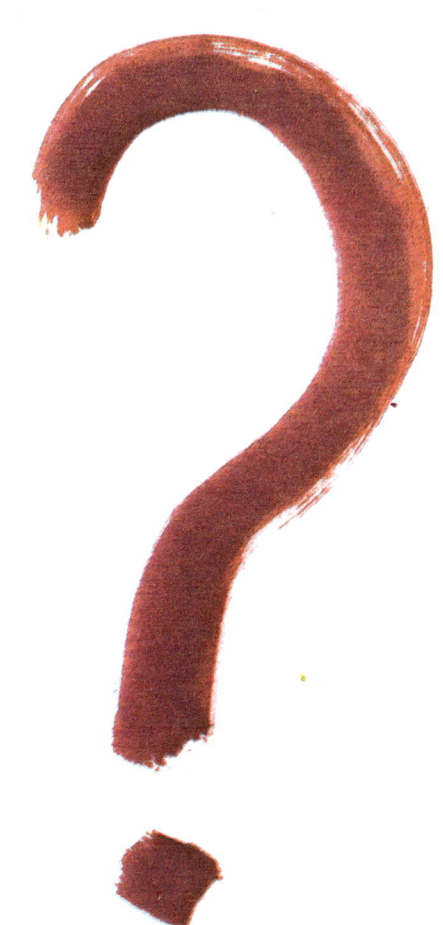

OH MONSIEUR LE CONTEUR !

S'IL VOUS PLAÎT, AIDEZ-NOUS ! LE MONDE EST DANS UN TEL PÉTRIN

"IL NOUS SEMBLE QUE

SI LES MENEURS NE SONT PAS INSPIRÉS POUR MOTIVER À LEUR TOUR LA BASE...

...ET SI TOUT LE MONDE TIRE SANS QUE PERSONNE NE POUSSE...

CE SERA UN PEU COMME...

"EXACT!" DIT LE CONTEUR.

"MAIS ALORS... EST-CE-QUE CE NE SERA PAS...

"VOUS AVEZ TOUT COMPRIS !"

DIT LE CONTEUR.

"MAIS QUE POUVONS-NOUS

FAIRE ?

DEMANDÈRENT LES ENFANTS AVEC CONSTERNATION.

"IL N'Y A PAS DE MYSTÈRE À CE SUJET, COMME NOUS EN AVONS DÉJÀ SI CLAIREMENT DISCUTÉ...

1. TOUT EST QUESTION D'ATTITUDES

2. DE CECI DOIT DÉCOULER UNE TOUTE NOUVELLE PHILOSOPHIE DE SÉLECTION DES DIRIGEANTS POUR METTRE EN OEUVRE CES ATTITUDES.

"MAIS..." RÉPLIQUÈRENT LES ENFANTS, QUEL ESPOIR Y A-T-IL QUE QUELQUE CHOSE PUISSE CHANGER... LES CHOSES SONT AINSI DEPUIS SI LONGTEMPS...

NOUS NE VOYONS **PAS D'ESPOIR !**

"NE VOUS Y TROMPEZ PAS, CECI N'EST PAS UNE RÉPÉTITION DE L'HISTOIRE. IL S'AGIT DE SITUATIONS TOTALEMENT NOUVELLES ET JE VAIS VOUS EXPLIQUER POURQUOI," DIT LE CONTEUR TRÈS TRÈS SÉRIEUSEMENT.

"JUSQU'À PRÉSENT, LES STUPIDITÉS QUE L'HOMME POUVAIT FAIRE ÉTAIENT DÉLIMITÉES PAR SON POUVOIR.

MAINTENANT QUE L'HOMME A RENCONTRÉ LA SCIENCE, IL DÉTIENT UN **POUVOIR SANS LIMITE**, DE SORTE QU'IL EST LIBRE D'ACCOMPLIR DES **STUPIDITÉS SANS LIMITES**.

ET À PRÉSENT IL MENACE LA SURVIE PROFONDE DE LA SEULE PLANÈTE SUR LAQUELLE NOUS DEVONS VIVRE.

MAIS IL Y A DE L'ESPOIR ...BEAUCOUP D'ESPOIR !

L'ESPOIR RÉSIDE DANS LA
COMMUNICATION !

L'homme voit maintenant quotidiennement les résultats catastrophiques de son action. Tout lui est directement reservi par la télévision. C'est la meilleure des salles de classe... s'il a les bonnes attitudes.

Une nouvelle guerre éclate, une usine chimique explose, la bourse s'effondre et instantanément, en quelques heures, le monde entier est rassemblé observant cela sur les écrans de télévision.

À cause de cela, l'homme a soudainement accompli le premier de deux grands bonds en avant.

"Que pourraient bien être les deux ?" demandèrent les enfants bourrés de curiosité.

"C'EST TRÈS SIMPLE... LAISSEZ-MOI VOUS EXPLIQUER.

L'HOMME A FINALEMENT DÉCIDÉ QUE LE MOMENT EST ARRIVÉ POUR SON VOISIN DE FAIRE UN EFFORT SÉRIEUX DANS LA BONNE DIRECTION!

"ET LE DEUXIÈME?" DEMANDÈRENT LES ENFANTS TOUT EXCITÉS.
"AH CELA, C'EST 10 FOIS... 100 FOIS... PEUT-ÊTRE MÊME 10.000 FOIS PLUS DIFFICILE QUE LE PREMIER.

IL S'AGIT DE DÉCIDER QUE LE MOMENT EST FINALEMENT ARRIVÉ OÙ L'HOMME DOIT FAIRE LUI-MÊME UN EFFORT, MÊME SI CELA IMPLIQUE DE RENONCER À CERTAINES CHOSES!

ET QU'EST-CE QUI DÉCIDERA L'HOMME À FAIRE LE DEUXIÈME PAS ?

"MAIS CELA NE SERA-T-IL PAS UN PEU TARD?

POURQUOI ATTENDRONT-ILS CELA?"

"PARCE QUE SATISFAIRE AUJOURD'HUI TOUS LEURS BESOINS ÉGOÏSTES ABSORBE TOUTES LEURS FORCES... ET TOUT LEUR TEMPS... ET NE LEUR EN RESTE PLUS POUR SE TRANSFORMER ET CHANGER DE DIRECTION!"

...DIT LE CONTEUR.

"MAIS MONSIEUR LE CONTEUR, SI LE TABLEAU QUE VOUS NOUS AVEZ DRESSÉ EST EXACT... LES PERSPECTIVES POUR CHACUN DE NOUS SONT TRÈS

SOMBRES ! QUE VA-T-IL ARRIVER AU MONDE ?"

"OU IL SERA GUÉRI
PAR LES SOINS
GÉNÉREUX ET AFFECTUEUX,
DE TOUT UN CHACUN,

OU IL MOURRA
DE MORT
VIOLENTE ET
DOULOUREUSE...!"

"DES DEUX, QUELLE HYPOTHÈSE L'EMPORTERA?" DEMANDÈRENT LES ENFANTS CONSTERNÉS.

"TOUT DÉPEND DE NOUS, MAIS CE SERA PROBABLEMENT LA SECONDE..." RÉPONDIT LE CONTEUR AVEC TRISTESSE.

"ET NOUS NE POUVONS RIEN FAIRE!"

"OH SI!" RÉPONDIT LE CONTEUR.

"VOUS POUVEZ TOUT FAIRE!"

"MAIS CHACUN DE NOUS EST SI PETIT!"

"C'EST LA COULEUR DE TOUS ET CHAQUE BRIN D'HERBE QUI FAIT LA COULEUR DU PRÉ..."

RÉPONDIT LE CONTEUR.

ET LES ENFANTS SAVAIENT BIEN QUE CELA ÉTAIT VRAI...

" D'ABORD NOUS DEVONS <u>DÉSARMER</u> LE MONDE ENTIER, EN SORTE QU'AU MOMENT PRÉCIS OÙ NOUS FAISONS UN ÉNORME PAS EN AVANT, NE SURVIENNE PAS UN ACCIDENT FATAL, QUI POURRAIT BRUSQUEMENT TOUT ARRÊTER.

ENSUITE NOUS DEVONS PERMETTRE À L'ÉVOLUTION SOCIALE ET ÉCONOMIQUE DE NOTRE PLANÈTE D'ACCUEILLIR L'AVÈNEMENT D'UNE RÉVOLUTION TECHNIQUE INIMAGINABLE, DE LA NAISSANCE DE LA RÉVOLUTION POST-INDUSTRIELLE OFFRANT LA LIBERTÉ À PRESQUE TOUT LE MONDE.

NOUS DEVONS ORGANISER UNE DISTRIBUTION ÉQUITABLE DES BIENS ET DES SERVICES DE TELLE SORTE QUE LA PLANÈTE UNIFIÉE PAR LES MOYENS DE TRANSPORT ET DE COMMUNICATION, PUISSE FONCTIONNER COMME <u>UNE PLANÈTE UNIQUE</u>.

NOUS DEVONS PROTÉGER L'ÉCOLOGIE DE LA PLANÈTE DE NOS PROPRES APPÉTITS INSATIABLES.

ET POUR ACCOMPLIR TOUT CELA, NOUS DEVONS <u>SÉLECTIONNER DES DIRIGEANTS</u> CAPABLE DE GOUVERNER CE NOUVEAU MONDE.

"MAIS COMMENT <u>FAIRE</u> TOUT CELA EN RÉALITÉ?" DEMANDÈRENT LES ENFANTS.

Ensuite, il faut se libérer de la mainmise de son ego, et si l'on ne peut le chasser, il faut au moins le brider et faire en sorte qu'il vous soit utile.

Quarto, il faut bien comprendre, et aider les autres à comprendre, que le monde est un, que tous et chacun des pays doivent marcher main dans la main et travailler ensemble, parce que un seul pays ne respectant pas ceci devient une menace mortelle pour tous les autres.

"CAR IL FAUDRA TOUT CELA POUR ACQUÉRIR L'ENTENDEMENT NÉCESSAIRE AFIN D'ÉLEVER VERS LE SOMMET CEUX QUI ONT LA SAGESSE, L'INTÉGRITÉ, LA FORCE ET L'HUMANITÉ POUR GUIDER LE MONDE VERS LE BONHEUR."

"MAIS COMMENT POUVONS-NOUS APPRENDRE TOUT CELA...?

OÙ SONT TOUS LES SAGES?"

"ILS SONT TRÈS PEU NOMBREUX, EN VÉRITÉ, MAIS RAPPELEZ-VOUS QU'AUJOURD'HUI LES MOYENS DE COMMUNICATION SONT À VOTRE DISPOSITION ET SI VOUS ÊTES MOTIVÉS, SI VOUS CONSERVEZ L'ESPRIT CLAIR, VOUS POUVEZ APPRENDRE TOUT CE QUI EST À APPRENDRE," RÉPONDIT LE CONTEUR.

"EST-IL TROP TARD POUR RETROUVER LE BON CHEMIN?" DEMANDÈRENT LES ENFANTS.

"IL EST DÉJÀ BIEN TARD, MAIS SI PAR MIRACLE, CHACUN LE VOULAIT VRAIMENT, AU PLUS PROFOND DE LUI, CELA POURRAIT SE PRODUIRE EN UNE NUIT!"

"MAIS LES GENS NE SE SENTENT-ILS PAS PERDUS ET DÉROUTÉS À ERRER AINSI DANS LA VIE SANS SAVOIR OÙ ILS VONT?" DEMANDÈRENT LES ENFANTS.

"MAIS BIEN SÛR QU'ILS SONT PERDUS!" RÉPONDIT LE CONTEUR.

"N'Y-A-T-IL QUE L'ÉGLISE, LA FAMILLE ET L'ÉCOLE QUI PUISSENT LEUR MONTRER LA VOIE?"

"NON, LA CONNAISSANCE EXISTE LOIN AU FOND DE CHACUN DE NOUS, MAIS IL EST HABITUELLEMENT UTILE D'AVOIR UN GRAND MAÎTRE QUI NOUS MONTRE COMMENT L'ENTENDRE...

ET ALORS ELLE RESURGIT SPONTANÉMENT !

IL Y A AUJOURD'HUI DES MILLIONS DE GENS DE PAR LE MONDE QUI, CONSTATANT QUE LE MONDE PÉRICLITE, RECHERCHENT ARDEMMENT UNE VÉRITÉ AVEC LAQUELLE ET VERS LAQUELLE SE DIRIGER.

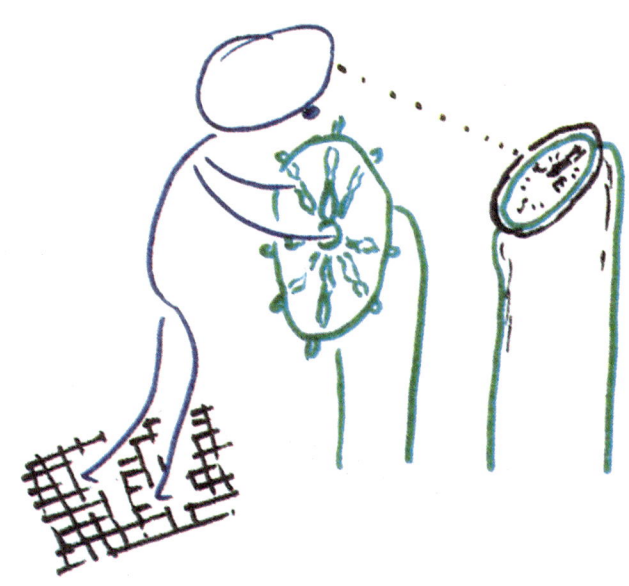

"ET LA TROUVENT-ILS?"

"POUR SÛR, ILS TROUVENT !

LES SCIENCES MODERNES, EN PARTICULIER LA PHYSIQUE ET LA BIOLOGIE, MAIS AUSSI TOUTES SORTES D'AUTRES SCIENCES, FONT DES DÉCOUVERTES BOULEVERSANTES CONFIRMANT LES THÈSES DES GRANDS PHILOSOPHES EXPRIMÉES IL Y A PLUS DE 2000 ANS UNE GRANDE ÉVOLUTION SE DESSINE JUSTE SOUS NOTRE NEZ.

LES SCIENTIFIQUES ET LES PHILOSOPHES MARCHENT À L'UNISSON ET PETIT À PETIT L'HOMME DE LA RUE S'ÉVEILLE À UN NOUVEAU MONDE," DIT LE CONTEUR.

"QUE PEUT FAIRE L'HOMME DE LA RUE? OÙ EST SON POUVOIR? DEMANDÈRENT LES ENFANTS INCRÉDULES.

"PRÉCISÉMENT LÀ, DANS LA RUE", RÉPONDIT LE CONTEUR.

"VOUS VOYEZ À LA TÉLÉVISION 100.000 PERSONNES DESCENDUES DANS LA RUE SE PLAINDRE PARCE QUE LES GENS SONT ABUSÉS, ET QUELQUES JOURS PLUS TARD UN DIRIGEANT DE PLUS CHANGE SA FAÇON D'ÊTRE... OU EST RENVERSÉ

CECI EST UN PHÉNOMÈNE NOUVEAU!
C'EST LE RÉFÉRENDUM TÉLÉVISUEL!
DE NOS JOURS, POUR LA PREMIÈRE FOIS, LE POUVOIR TOMBE DANS LES MAINS DU PEUPLE. MAIS LES GENS DOIVENT DEVENIR EXTRÊMEMENT RESPONSABLES. ILS NE PEUVENT SE PERMETTRE DE DEVENIR FOUS DE POUVOIR! ILS DOIVENT APPRENDRE À AGIR AVEC SAGESSE ET COMPASSION.

"MAIS LES ADULTES ONT MIS UN SI EFFROYABLE DÉSORDRE.

"NE REGARDEZ PAS EN ARRIÈRE! N'AYEZ AUCUN REGRET... C'EST UNE ATTITUDE NÉGATIVE QUI NE MÈNE À RIEN!

REPRENEZ VOUS!

"MAIS LORSQUE NOUS FAISONS CELA, LES ADULTES NOUS RÉTORQUENT QUE NOUS NE SOMMES QUE DES IDÉALISTES.

QUELLE EST LA DIFFÉRENCE ENTRE UN RÉALISTE ET UN IDÉALISTE ?"

DEMANDÈRENT LES ENFANTS.

"UN RÉALISTE EST UN HOMME QUI TENTE DE FAIRE FONCTIONNER LE MONDE AVEC LES HOMMES TELS QU'ILS SONT...

UN IDÉALISTE EST UN HOMME QUI TENTE D'AIDER LES GENS À CHANGER AFIN QUE LE MONDE PUISSE SURVIVRE..."

RÉPONDIT LE CONTEUR.

"MAIS LE MONDE COURT À SA PERTE.

IL NE SEMBLE PAS POUVOIR SURVIVRE..."

DIRENT LES ENFANTS.

"OUI, C'EST POUR CETTE RAISON QUE...

LES RÉALISTES TENTENT SI ÉNERGIQUEMENT DE PRENDRE SOIN DE L'URGENCE...

ET QUE LES IDÉALISTES ESSAIENT AVANT TOUT D'ÉVITER QU'IL Y AIT URGENCE.

LES DEUX SONT INDISPENSABLES!"